KB053575

이 세상에 i를 담아서

사노 테츠야 Tetsuya Sano

소설을 사랑하는 모든 이들에게.

이 세상에 *i*를 담아서

With all my love in this world

사노 테츠야 지음
박정원 옮김

D&C
BOOKS

제1장

With all my love in this world

①

To: 요시노
　넌 죽을 때 마지막으로 어떤 생각을 했어?
　어떤 느낌을 받았어?
　난 그게 궁금해.

　나는 죽은 친구에게 틈틈이 계속 휴대폰 메일[#1]을 보냈다.
　대답 없는 메아리였어야 했을 그 메일에 답장이 온 것은 고등학교 2학년 4월이었다.

*

　학교에 가는 게 죽도록 귀찮다. 가끔 그런 날이 있다.
　뭔가 심오한 이유나 원인이 있는 것도 아니다. 그냥 왠지 모르게 학교 가기가 싫다.
　그 감정을 인수분해 해보면 일단 세수하기가 귀찮고, 심지어는 양치질마저도 가급적 생략하고 싶다. 교복으로

#1 휴대폰 메일 일본에서는 통신 회사가 다를 경우 문자를 할 수 없어, 이메일을 주고받듯 각 휴대폰에 부여된 메일 주소로 연락하는 경우가 많음.

갈아입기는 그야말로 어불성설이고, 아침밥 먹기는 너무나 고난도 작업이라 불가능하다.

아무튼 간에 이불 밖으로 나오기가 싫다. 졸리지는 않지만, 그냥 한없이 그 속에 파묻혀 있고 싶다.

그런 날이 내게는 해마다 며칠쯤 있었다.

어쩌면 그것은 누구나 겪는 일인지도 모른다.

그럼에도 집을 나와 학교로 향하는 까닭은 한 번 그 충동에 굴복해버리면 그 후에는 막혔던 둑이 터진 것처럼 내리 쉬어버리고 말 것 같아 무섭기 때문이다.

나는 하품을 삼키며 전철을 탔다. 앉아서 갈 수 있는 날은 거의 없다. 지독하게 나른했다. 딱히 심각한 수준은 아니었다. 그저 가볍고 평범하게, 아주 조금 죽고 싶어졌다. 손잡이에는 눈에 보이지 않는 세균이 득실거립니다. 어디선가 주워들은 기억이 나는 이야기를 머릿속에서 떨쳐내고, 축 늘어지듯 손잡이에 매달렸다.

교토의 봄은 쌀쌀하다. 내가 탄 전철은 역마다 정차하는 일반열차였다. 정거장에 도착했을 때만 열리는 문으로 새어드는 바람이 생각보다 차서, 카디건 단추를 하나 채웠다.

스마트폰을 꺼내 인터넷 창을 띄웠다.

아침 뉴스가 화면에 떴다.

정치가의 비리와 외국의 분쟁, 연예인의 불륜, 축구 경기 결과. 하나같이 나오는 완전히 동떨어진 별세계의 사건들처럼 보였다.

일단 화면을 껐다가 다시 켰다.

메일 앱을 눌렀다. 요즘 세상에 메일을 쓰는 사람은 없다. 연락은 보통 라인(LINE)으로 하고, 정말 가까운 관계가 아닌 이상, 전화번호라면 모를까 메일 주소를 일일이 교환하지는 않는다.

그럼에도 유일하게 등록된 채 남아 있는 **그녀**의 메일창을 열었다.

그리고 의미도 없이 또다시 메일을 보냈다.

To: 요시노

소설 쓰는 법을 까먹었어.

읽은 지도 한참 됐고.

아무것도 하기 싫어.

아무것도 하지 않아도 되는 곳은 어디 있을까?

답장은 없다.

눈을 감고 의식을 멀리 날려 보냈다.

과거의 기억을 되새길 작정이었다. 눈앞의 현실이 괴롭

고 비참해서 견딜 수 없을 때면 나는 언제나 그렇게 했다.

요시노의 얼굴은 이제 잘 떠오르지 않는다. 생각나는 것은 함께 있었던 순간과 풍경들뿐이다. 감상을 마친 DVD의 챕터를 무작위로 눌러 여운에 잠기듯. 처음 만난 날과 요시노가 소설가가 되었던 때의 기억, 키스했던 순간 같은 장면들만이 뇌리를 스쳐 갔다.

그때 이렇게 했더라면 좋았을걸. 결국 그런 후회만이 남았다. 과거의 상황 속으로 손을 뻗어 개입하고 싶어진다.

어떻게 했으면 좋았을까.

그런 생각만을 되풀이한다.

나 자신이 과거를 살아가고 있음을 자각한다.

마음속 어디선가 인생이 끝난 것 같은 느낌이 들었다.

네가 죽은 후로, 줄곧.

학교에 도착하니 작은 변화가 있었다.

교실에 자리가 하나 늘어난 것이다.

내 옆자리에 놓인 책상은 다른 책상과는 달리 새것이었다.

"전학생이래."

궁금증을 풀어주듯 같은 반인 사토 카에가 그쪽을 가리키며 말했다.

"이 시기에?"

1학기가 시작된 지도 벌써 이틀이 지났다.

"개학 첫날 올 예정이었는데, 좀 늦어졌대."

"남자?"

"여자. 우리는 아까 교무실에서 봤는데, 꽤 예쁘더라. 그래서 후나오카는 잔뜩 들떴어."

나와 사토, 후나오카는 1학년 때도 같은 반이었다. 그래서 비교적 자주 이야기를 하는 편이다. 남자 둘과 여자 하나가 어울려 다니면, 연애 감정이 있는 것 아니냐고 놀림받는 일도 많다. 하지만 나는 **없다**고 믿었다. 그런 것이 있으면 성가시기 때문이다.

"아, 왔다."

전학생이 뒷문으로 들어온 순간, 잡담 소리가 뚝 그치며 교실이 조용해졌다.

전학생은 기묘한 분위기를 풍겼다.

마치 혼자만 교실에서 붕 떠 있는 것처럼 보였다. 그 이질감은 단지 오늘이 전학 온 첫날이기 때문만은 아니라는 느낌이 들었다.

교복을 머리끝부터 발끝까지 반듯하게 차려입었고, 블라우스에는 주름 하나 없었다. 단정하게 손질된 길고 까만 머리카락에는 윤기가 흘렀다. 그리고 빈틈이나 허점을 찾아볼 수 없는 그 차림새가 그녀에게는 잘 어울렸다.

온전히 눈으로만 빚은 인형처럼, 그녀는 어딘가 접근하기 힘든 차가운 분위기가 있었다. 그리고 그만큼 뭔가 삶에 어려움을 겪는 것처럼 보이기도 했다.

그날 아침, 모두가 전학생을 가만히 쳐다봤다.

자리로 걸어가는 그녀의 얼굴은 무표정해, 아무것도 읽어낼 수 없었다. 마치 감정을 감추려고 쓴 가면을 보는 기분이었다.

희고 가는 손가락이 내 바로 옆 책상에 검은색 가방을 걸었다. 가까이에서 보니 전학생의 머리카락이 다른 애들보다 확연하게 길다는 사실을 알 수 있었다.

"만나서 반가워. 나는 소메이 코헤이라고 해."

말을 건 순간, 전학생은 화들짝 놀란 기색으로 나를 돌아보았다.

그 눈에는 놀라움과 당혹감, 불안이 뒤섞인 복잡한 빛이 어른거렸다.

왜 그런 얼굴로 봐?

그렇게 물으려 했을 때, 사토가 불쑥 끼어들었다.

"소메이, 꼭 영어 교과서 읽는 거 같아. Nice to meet you."

"시끄러."

사이비 유학생 같은 발음으로 너스레를 떠는 사토를 나직한 음성으로 제지했다.

전학생은 웃는 시늉조차 하지 않고, 그저 진지한 표정으로 나를 바라보았다.

"마시로 스미카입니다. 잘 부탁드립니다."

어쩐지 바보처럼 깍듯한 말투였다.

그 순간 나는 불가사의한 감각을 맛보았다. 그 목소리를 예전에 어디선가 들어본 적이 있는 것 같았다.

하지만 아무리 생각해봐도 언제였는지 떠오르지 않았다.

아마 착각이겠지. 나는 그렇게 바로 생각을 바꾸었다.

"소메이."

마시로는 내 이름을 부르고 나서 30초가량 진득하게 뜸을 들였다.

기묘한 침묵이 흘렀다. 이윽고 마시로가 결심한 듯 말을 꺼냈다.

"요시노 시온이라고 알아?"

한순간 시간이, 그리고 심장이 멈춘 것 같은 느낌이 들었다.

"몰라."

"소설가인데."

마시로는 뭔가를 알고 있는 걸까. 심장이 빠르게 뛰었다.

"처음 들어봐. 난 소설 안 보니까."

"그래? 그렇구나."

마시로는 왠지 풀죽은 표정으로 나를 보았다.

나는 그 사실을 눈치채지 못한 척하고 교과서로 시선을 떨구었다.

그날 1교시는 세계사였다.

머리숱이 휑한 40대 남자 교사가 가뜩이나 지루한 교과서 내용을 한층 더 졸리게 각색해서 수업을 이어나갔다. 우리는 몰래 그 선생님의 수업을 라리호마[#2]라고 불렀다.

수업 도중에 후나오카가 라인을 보냈다.

≫소메이, 아까 무슨 이야기 했어?

≫Nice to meet you. My name is Somei.

≫그게 다야? 그보다 어때?

≫어떠냐니? 뭐가?

≫마시로 엄청 예쁘잖아. 남친은 있으려나?

어쩌면 아까 사토가 언급한 것 이상으로, 후나오카는 정말 마시로에게 마음이 있는지도 몰랐다.

≫**직접 물어봐.**

별로 관여하고 싶지 않았다.

연애 문제는 성가시기 때문이다.

관심도 없는 수업을 한 귀로 듣고 한 귀로 흘리며, 아까

#2 **라리호마** 드래곤 퀘스트의 수면 주문.

마시로가 했던 말을 떠올렸다.

대체 왜 그런 말을 꺼낸 걸까?

우연히 좋아하는 작가가 요시노여서 소설 이야기를 하고 싶었다?

하지만 그런 우연이 존재하리라고는 믿기 힘들었다.

나와 요시노의 관계에 대해 마시로는 뭔가 알고 있는지도 모른다.

그렇다고 둘이서 요시노의 이야기로 열을 올릴 마음은 나지 않았다. 마시로가 어떤 사람인지도 모르는 데다, 소설가 요시노 시온의 이미지를 망가뜨리고 싶지 않았다. 게다가 다른 누군가와 요시노에 관한 화제를 공유할 생각도 없었다.

아무튼 나는 누구하고도 요시노의 이야기를 하고 싶지 않았다.

그러니 되도록 마시로와 얽히고 싶지 않다. 그렇게 생각했다.

수업 속에서 로마 제국이 멸망해가는 사이, 나는 책상 밑에서 휴대폰을 켰다.

그리고 또다시 늘 하는 그 무익한 시간 때우기를 시작했다.

wprjmtt4663@sofom.ne.jp

그것은 요시노가 적당히 만든 메일 주소였다.

메일 주소를 정할 때는 보통 자기가 좋아하는 아티스트의 이름 등을 넣기 마련이다. 하지만 요시노는 그냥 대충 뒤죽박죽으로 의미 없는 문자열을 입력했다. 그 결과 이런 식의 기이한 메일 주소가 탄생했다.

삶에 무관심한 요시노의 성격이 엿보인다.

그 주소로 나는 메일을 보냈다.

전해지지 않는 메일을…….

To: 요시노

마시로라는 전학생이 네 이야기를 꺼냈어.

난 모르는 척 시치미를 뗐어.

아마 누가 몇 번을 물어보든 나는 널 모른다고 대답하겠지.

여기는 매일매일 따분해서 죽을 것 같아.

뭐랄까, 사실은 나도 너처럼…….

곧바로 자동 회신 메시지가 날아왔다.

From: Mail Delivery Subsystem

존재하지 않는 주소이므로 wprjmtt4663@sofom.

ne.jp로 메일이 전송되지 않았습니다. 잘못 입력한
글자나 불필요한 공란이 없는지 확인하신 후에 다시
한번 보내주십시오.

매번 반복되는 일이었다.

무익하고 음울한 취미다. 도무지 남에게 이야기할 마음
이 나지 않았다.

죽은 사람에게 메일을 보내다니.

대체 무슨 바보 같은 짓이냐고, 스스로도 늘 생각한다.

처음 요시노를 만났을 때, 우리는 중학교 1학년이었다.

그해 봄, 1학기 4월. 나는 문예부에 들어갈 생각이었다.

소설이 좋았다. 독서 말고는 딱히 내세울 만한 취미가
없었다. 나는 그런 인간이었다. 누군가에게 보여줄 것도
아니면서 소설을 썼다. 인터넷에 올리지도 않았고, 아는
사람에게 보여준 적도 없었다. 단지 내가 쓴 소설을 남몰
래 컴퓨터에 저장해두기만 했다.

언젠가 소설가가 되고 싶었다.

될 수 있을지는 미지수인 데다 아마도 불가능할 테지

만, 그래도 되고 싶었다.

맨 처음 문예부에 관해 알아보게 된 계기는 그런 내 취미 때문이었다. 하지만 딱히 문예부 가입 자체에 집착하거나 열의를 불태운 것은 아니었다.

내가 원한 것은 사람 수가 적은 동아리였다. 솔직히 말해서 방송부든 등산부든 로봇 댄스부든 그 조건만 충족한다면 어디든 상관없었다.

문예부에는 부원이 한 명도 없었다.

그 점에 끌렸다. 혼자 있을 시간이 필요했다. 점심시간이나 방과 후, 아무하고도 얼굴을 마주하지 않고 지낼 수 있는 공간이 필요했다. 그 속에서 조용히 책을 읽거나 때로는 소설을 쓰며 시간을 보내고 싶었다. 그런 면에서 문예부에 부원이 없다는 점은 내게 좋은 조건이었다.

입부 신청서를 작성해 고문 선생님에게 제출했다. "다른 부원은 없는데, 그래도 괜찮겠어?" 확인하듯 묻는 말에 그래서 좋다고 대답할 수도 없어, 그저 어정쩡하게 고개만 끄덕였다.

문예부 부실은 건물 맨 끝에 있었다.

사실상 폐부된 동아리에 부실만 남아 있는 케이스다.

문 앞에 섰다.

안에서 인기척이 났다.

누가 있다.

나는 약간 의아해하며 부실로 들어갔다.

가장 먼저 눈에 들어온 것은 그 **손가락**이었다.

희고 가는 손가락이 키보드 위를 노닌다.

방금 들은 인기척은 바로 그 키보드 치는 소리였다.

긴 머리 소녀가 노트북 앞에 앉아 뭔가를 쓰고 있었다.

"뭘 써?"

나는 저도 모르게 물었다.

"소설."

소녀는 여전히 이쪽을 보지 않았다.

부실 안쪽의 창문을 통해 스며든 빛이 소녀의 등을 비추었다. 먼지가 입자처럼 반짝이며 방 안에 빛의 무늬를 그려냈다.

눈을 가늘게 뜨고 소녀를 유심히 살폈다.

예뻤다. 필요 이상으로 겉모습에 신경 쓰는 느낌은 나지 않았다. 다만 이목구비는 반듯했다. 나처럼 흔해빠진 얼굴과는 달리, 소녀의 외모에는 오로지 그곳에 존재하는 것만으로도 사람들의 눈길을 잡아끄는 아름다움이 있었다.

그리고 소녀는 어딘가 강인한 느낌을 풍겼다. 오라라고 표현해도 무방할지 모른다.

처음 보는 얼굴이었다. 몇 학년인지도 알 수 없었다.

"넌 누구야?"

소녀가 이쪽을 바라본 순간, 나는 그 강렬한 존재감의 원천을 깨달았다.

눈빛이 강렬했다. 신경질적이고 날카로운 시선이 아니라, 굳건하고 생명력 넘치는 강인함이 담긴 눈빛이었다.

"소메이 고헤이. 1학년 B반. 니야말로 누구……세요?"

묻는 도중에 혹시 상급생이면 어쩌나 싶은 생각이 들어, 나는 어중간하게 존댓말을 했다.

"나? 1학년 C반 요시노."

동갑이었다. 심지어 옆 반이다.

"여기, 문예부 맞지?"

나는 일단 확인 차원에서 물어보았다.

"그래."

"부원은 아무도 없다고 들었는데."

"그렇대."

"근데 그럼 여기서 뭐해?"

"여기가 교내에서 가장 집중해서 소설을 쓸 수 있을 것 같은 장소였거든."

약간 놀랐다. 나하고 똑같은 생각을 한 눈치였다.

"한마디로 몰래 들어와서 멋대로 부실을 썼다는 소리야?"

"나쁘게 말하면 그런 셈이지."

어린애처럼 살짝 토라진 것 같은 목소리였다.

"좋게 말하면 어떤데?"

"부원이 아무도 없다는 점을 노려, 부실을 무단으로 부정 이용했다……?"

"더 악화됐잖아."

내가 냉정하게 지적하자, 요시노는 조금 찔리는 표정을 지었다.

"미안해. 학교에는 달리 소설을 쓸 만한 곳이 없어서."

"……나도 그래서 왔는데."

그렇게 말하자 요시노가 의외라는 표정을 지었다.

"소메이, 너도 쓰는구나."

그 순간, 나를 보는 요시노의 시선이 조금 달라진 느낌이 들었다. 내 착각이 아니라면 몇 초 전보다 다소 친근한 눈빛으로 변한 것처럼 보였다.

"하지만…… 그럼 부원이 두 명이 돼버리는데."

"으음, 난감하네."

요시노는 문득 생각났다는 기색으로 "아, 잠깐 기다려봐."라고 하더니, 가방에서 USB를 꺼내 노트북에 꽂았다. 뭔가 데이터를 옮겨 담는 눈치였다. 그리고는 그 USB를 내게 쓱 내밀었다.

"여기다 내 소설을 넣었어."

무슨 말인지 이해가 가지 않아, 나는 약간 당황했다.

"일종의 자기소개랄까?"

그렇게 말한 요시노는 내게 USB를 건네주며 자연스럽게 웃었다.

집으로 돌아와서 요시노의 소설 파일을 내 컴퓨터로 열었다.

전혀 기대하지 않았다.

그보다는 솔직히 읽기 귀찮다는 생각이 앞섰다. 처음에는 그 자리의 분위기에 휩쓸려 USB를 받아오고 만 것을 후회했을 정도였다.

"읽어봐. 그러면 분명 우리가 앞으로 잘 지낼 수 있을지에 관한 결론이 나올 테니까."

그것은 짧은 소설이었다.

제목이 달려 있었다.

『love less letter』

클릭해서 화면의 페이지를 넘겼다.

그것은 평행 세계를 다룬 소설이었다.

교통사고로 죽은 연인이 평행 세계에서 주인공 앞으로 편지를 보내온다.

평행 세계(parallel world).

SF 작품을 설명할 때 자주 등장하는 용어다.

눈앞의 현실과 흡사한 또 하나의 세상이 존재한다는 설정이다.

우리가 사는 세상은 언제나 수많은 가능성을 품고 있다. 그리고 각각의 선택을 통해 세상은 조금씩 변화해간다. 만약 과거에 다른 선택을 했더라면 세상은 지금과 다른 모습을 띠고 있었을지도 모른다.

그런 다른 세계가, 또 하나의 현실이 여기가 아닌 어딘가에 존재한다. 그것이 바로 평행 세계라는 개념이다.

그때 만약 그가 신호등 앞에서 멈춰 섰더라면. 교통사고로 연인이 죽지 않았더라면.

연인이 살아 있는 또 하나의 세상.

그곳에서 온 신비로운 편지를 읽는 사이, 주인공은 연인이 자신을 사랑하지 않았고 자신도 연인을 사랑하지 않았다는 사실을 깨닫는다.

자신은 타인을 사랑할 수 없는 인간이라고, 주인공은 깨닫는다.

그리고 그럼에도 참을 수 없이 그녀가 보고 싶다고 생각한다.

충격이었다.

무언가로 호되게 얻어맞은 느낌이었다.

독특한 문체. 비유와 문자의 나열. 구두점 찍는 법. 표현과 단어 선정. 그 모든 것이 기존의 소설과는 달랐다.

소설이란 대체로 무언가의 영향을 받기 마련이다. 나는 평소 책을 읽을 때면 우선 그 흔적을 찾고는 했다. 누구에게 어떤 영향을 받아 쓴 작품인지 추리해가며 읽는다. 하지만 요시노가 누구의 영향을 받았는지는 알 수 없었다.

요시노의 소설에는 그 누구와도 닮지 않은 무언가가 있었다.

그리고 기묘하고 생생한 리얼리티가 있었다.

그날 밤, 잠을 설쳤다.

중학교 1학년인데, 동갑인데 이렇게 대단한 소설을 쓰는 사람이 있다. 그 사실이 나를 흥분시켰다.

이튿날 수업이 끝나자마자 곧장 문예부실로 갔다. 빨리 요시노를 만나고 싶었다. 문을 열고 안으로 들어갔다. 요시노가 있었다.

내가 왔다는 사실을 눈치채지 못했는지 아니면 알면서도 무시하기로 마음먹었는지, 요시노는 이쪽에는 눈길조차 주지 않았다.

오로지 그 손가락만이 쉴 새 없이 움직였다.

요시노의 손가락은 멈출 줄 몰랐다.

저렇게 물 흐르듯 소설을 쓸 수 있나 싶었다.

어떤 글을 쓰는지는 모른다.

하지만 그 소설이 담담한 내용이 아니라는 사실은 알 수 있었다.

대담한 피아니스트가 정열적인 곡을 연주하듯 그 손가락은 움직였다. 그 속에는 한 치의 망설임도 없었다.

마치 미리 정해진 무언가를 향해 나아가듯 그 손가락은 움직였다.

남이 소설 쓰는 모습을 본 것은 그때가 처음이었다. 하지만 다른 누구도 저런 식으로 소설을 쓸 수는 없으리라는 생각이 들었다.

부실에 들어온 지 15분쯤 후. 요시노가 불쑥 고개를 들었다.

"소메이?"

그제야 비로소 나를 발견하기라도 한 것 같은 목소리였다.

"어땠어?"

그 질문이 소설의 감상을 요구하는 것임을 뒤늦게야 깨달았다.

"좋았어, 아주."

그 밖의 다른 말은 얼른 떠오르지 않았다. 허둥지둥 한마디 덧붙였다.

"평행 세계, 있으면 좋을 텐데."

"분명 있을 거야."

농담인지 진담인지, 요시노가 진지한 얼굴로 그렇게 대답했다.

"그럼 이번에는 소메이, 네 소설을 보여줘."

그 말에 가슴이 철렁했다.

어디로 보나 요시노와 나는 격이 달랐다. 그런데도 기꺼이 자작 소설을 보여줄 수 있을 만큼 내 얼굴은 두껍지 않았다.

"다음에."

요시노는 납득이 가지 않는다는 표정을 지었지만, 나는 그렇게 적당히 얼버무렸다.

그날 요시노도 문예부에 입부 신청서를 냈다. 그리하여 우리는 같은 시간을 공유하는 사이가 되었다.

③

마시로와 다시 대화를 나눈 것은 그녀가 전학 온 날로부터 일주일쯤 지나서였다.

실수했구나 싶었다.

선택 과목인 미술 시간이었다. 과제는 인물화. 둘이 마주 보고 앉아 그림을 그린다.

"마음 맞는 사람끼리 2인 1조로 짝을 지어 상대방의 얼굴을 그리세요."

학교생활 중에서도 나는 이런 상황이 가장 껄끄러웠다.

마음 맞는 사람이 없기 때문이다.

사토와 후나오카는 음악을 선택했기 때문에, 따지고 보면 평소에 잡담을 주고받는 사람조차 없었다.

적극적으로 찾아다닐 마음도 들지 않아, 팀이 속속 결성되어가는 모습을 묵묵히 지켜보았다. 그러다 보면 당연히 곧 아무하고도 팀을 짜지 못한 사람으로 남게 된다.

그럴 때면 어쩐지 내 인간성을 부정당하는 느낌이 들었다. 너는 그런 식으로 적당히 팀을 짤 능력조차 없는 한심한 인간이라고 누군가 넌지시 일러주는 기분이 들었다. 그럼에도 귀찮은 나머지, 나는 누구에게도 말을 걸지 못했다. 그것이 실수였다.

전학 온 지 며칠 안 된 마시로가 짝을 찾지 못한 것은 당연한 일이었다. 그래서 최종적으로는 나와 마시로만 남았다.

"그럼 이제 자리를 바꿔서 자기 파트너와 마주 보고 그림을 그리세요."

고개를 드니 마시로가 말없이 나를 빤히 쳐다보고 있었다.

교실은 눈 깜짝할 사이에 잡담 소리로 가득 찼다.

당연한 이야기지만, 마음 맞는 사람과 짝을 지어 그림을 그리다 보면 저절로 말수가 늘어나기 마련이다.

그런 와중에도 우리는 말이 없었다.

앞으로 미술 수업을 받을 때면 한동안 이렇게 거북한 시간이 이어질 테지.

얼른 다 그리고 끝내버려야겠다고 생각했다. 어차피 미술 성적에는 관심도 없었다.

찍 찍 소리가 날 만큼 세차게 연필 선을 그었다. 빨리 이 고통스러운 시간에서 해방되고 싶은 마음뿐이었다.

교실 안을 둘러보고 다니던 미술 선생님이 쓱 내 그림을 들여다보았다. 젊은 여선생님으로, 음(陰)과 양(陽)으로 따지면 양의 이미지가 강한 타입이었다. 선생님은 뭔가 하고 싶은 말이 있는 것처럼 내 그림을 뚫어지게 쳐다보았지만, 이윽고 고개를 돌리고 멀어져가며 학급 전체를 대상으로 다음과 같이 말했다.

"같은 반이라 해도 평소에 서로의 얼굴을 찬찬히 관찰할 기회는 많지 않을 거라고 생각해요. 하지만 사람의 표정에서는 어딘가 그 사람의 인간성 같은 것이 드러나기 마련이에요. 그 부분을 잘 파악해서 표현할 수 있도록 해 보세요."

마치 네 그림에는 인간미가 없다는 소리처럼 들렸다.

거참 미안하게 됐네요. 나는 속으로 조용히 투덜거렸다.

"우리도 뭔가 이야기를 좀 해야 하지 않을까?"

침묵의 시간에 먼저 인내심이 바닥난 마시로가 불쑥 내게 말을 걸어왔다.

"다들 신나게 떠드는 분위기니까, 왠지 우리가 인간으로서 실격인 것 같잖아."

실제로 이렇게 침묵 속에서 마주 앉아 그림을 그리는 사람은 우리 둘밖에 없었다.

"대화의 주제가 필요해."

"알았어."

나는 거의 고갈되다시피 한 사회성을 발휘해서 한발 양보했다. 앞으로 몇 달간을 이렇게 말 한마디 없이 마주 보고 있어야 하다니, 내게도 역시 스트레스일 것 같았기 때문이었다.

"마시로, 전에는 어느 고등학교 다녔어?"

"호리미 고등학교."

요시노가 다녔던 학교 이름이었다.

정신을 차려보니 그려놓은 윤곽선이 살짝, 확연히 어긋난 게 보였다. 별것 아니라고 마음을 다잡고 다시 대화를 이어나갔다.

"거기 명문고잖아. 우리 학교하고는 성적 차가 장난 아닐 텐데? 하고 많은 학교 중에 왜 하필 우리 학교로 전학 온 거야?"

"인생을 내던졌거든."

"인생이 내던질 수 있는 거라면 나도 그러고 싶다고. 강변에서 캐치볼이라도 하고 싶어."

"재미없어, 소메이. 그보다······."

중간에 말을 끊은 마시로가 한순간 침묵했다. 그리고 입을 열었다.

"어디까지 그렸는지 보여줘."

그 요구에 마시로가 볼 수 있도록 캔버스의 방향을 돌려놓았다.

"뭔가, 잘 그리긴 했는데······."

마시로는 복잡한 표정을 지었다.

"살아 있는 느낌이 안 나. 시체 같아."

정곡을 찌르는 절묘한 평가였다.

"뭐랄까, 나도 서툴거든."

마시로와 나의 공통분모 같은 것을 발견한 느낌이 들었다.

"남의 마음을 이해할 수가 없다는 거지."

표정에서 그것을 읽어내어 그림에 담아내라니. 그런 고난도 기술을 쓸 수 있으리라는 생각은 조금도 들지 않았다.

"그래도 소메이, 넌 나보다 능숙한 것 같아."

의외라는 듯 마시로는 말했다.

"이래 봬도 노력 중이야."

나는 한숨을 쉬었다.

마시로는 혼자 점심을 먹는 모양이었다.

우리 학교에서 점심 먹는 유형은 크게 학생 식당 파와 도시락 파로 나뉘는데, 마시로는 둘 중 어느 쪽에도 속하지 않았다. 언제나 식당 매점에서 빵을 사 먹고는 했다.

어떻게 그 사실을 아느냐면, 후나오카가 마시로의 행동거지를 끊임없이 주시하며 얻은 정보를 왠지 날마다 내게 라인으로 보고하기 때문이다.

≫마시로, 오늘은 럼 레이즌이야.

조금 떨어진 풀숲에 몸을 숨긴 채, 마시로가 점심 먹는 모습을 쌍안경으로 관찰하는 것이 후나오카의 요즘 일과 중 하나였다.

"그만해. 취미 한번 고약하네."

그날은 그 풀숲에 나도 같이 숨어 있었다. 휴대폰 배터리가 나가려고 해서 빌린 보조배터리를 돌려주러 갔다가 붙잡히는 바람에, 그만 이 지경이 되고 말았다.

"소메이, 미술 시간에 마시로랑 짝이라며? 진짜 부럽다."

"바꿀 수 있으면 바꿔주라."

"난 음악이잖아. 변장하면 소메이가 될 수 있으려나?"

"성형하면 되지 않을까?"

같은 반 애가 어느 날 갑자기 나랑 똑같은 얼굴로 성형하고 나타나면 재미있겠는데? 그렇게 잠시 시답잖은 상상을 했다.

"저기, 소메이. 나 대신 가서 마시로한테 말 좀 걸어보지 않을래?"

"내가 왜?"

"옆자리잖아. 게다가 마시로, 왠지 널 힐끔힐끔 쳐다보는 느낌이 들어."

그런 느낌, 난 못 받았다.

"야, 밀지 마."

후나오카가 반강제로 나를 풀숲에서 떠밀어냈다. 나무 그늘에서 불쑥 나타난 나를 마시로가 조금 놀란 얼굴로 쳐다보았다.

"……그 빵, 점심이야?"

보면 모르냐고 생각하면서도 나는 물었다. 마시로의 얼

굴에 경계의 빛이 어렸다. 이렇게 된 이상 어차피 엎질러진 물이다 싶어, 나는 한 사람이 너끈히 앉고도 남을 만큼의 거리를 두고서 마시로와 같은 벤치에 앉았다.

≫그거, 물어봐.

후나오카가 휴대폰으로 잽싸게 메시지를 보내왔다.

"소메이, 넌 수업 시간에도 맨날 휴대폰 보고 있더라."

마시로가 약간 어이없어하는 기색으로 말했다.

그러고 보니 반대로 마시로가 수업 시간에 휴대폰을 만지작거리는 모습을 본 기억이 없었다. 요즘 세상에는 오히려 그런 학생이 더 드물다.

"마시로 너처럼 성실하지 않거든."

≫지금 물어볼게.

후나오카에게 답장을 보내고 휴대폰 화면을 껐다.

"이번 소풍 말인데……."

우리는 이번에 근교 산으로 하이킹을 간다. 요즘 시대에 안 맞게 근성이 넘친다고 해야 하나 무모하다고 해야하나, 비가와도 강행할 예정이라고 했다.

"다음 학급 회의에서 조 짤 건데, 사토하고 후나오카하고 내가 있는 조에 마시로도 들어오지 않겠느냐고."

전부터 후나오카가 했던 이야기였다. 마시로를 우리 조에 넣으면 안 될까?

"좋아."

선뜻 돌아온 대답에 나는 왠지 맥 빠지는 기분을 맛보았다.

"근데 나, 그렇게 내키지 않는 표정으로 자기네 조에 들어오라고 하는 사람은 처음 봐."

"내키지 않다니, 그런 거 아니야."

부정한 다음, 생각한 끝에 한마디 덧붙였다.

"마시로, 네가 우리 조에 들어와 줘서 정말 기뻐."

"빈말인 티가 너무 나서 웃겨."

마시로도 웃음기 하나 없는 얼굴로 대꾸했다.

요시노에게 메일을 보내려고 호주머니 속을 더듬었다.

어라? 싶었다.

휴대폰이 없었다.

따지고 보면 자주 있는 일이다. 살면서 단 한 번도 휴대폰을 잃어버린 적이 없는 사람이 이 세상에 있기는 할까. 그럼에도 나는 조금 당황했다.

과학실, 복도, 생활지도부의 분실물 코너. 전부 샅샅이 뒤져보았지만, 아무 데서도 눈에 띄지 않았다.

"포기하고 새로 사는 게 어때?"

전전긍긍하는 내 모습을 곁눈질하던 사토가 딱하다는

듯 말했다.

"……그래도 되긴 하는데."

"근데?"

"아니, 그냥. 주소록 백업도 안 해놨고."

사실은 주소록 따위 아무래도 상관없었다.

단지 요시노와 주고받은 메일이 사라지는 게 싫었을 뿐이다.

사토에게 그런 이야기를 할 생각은 없었다.

나는 누구에게도 요시노의 이야기를 한 적이 없다.

우리는 서로 다른 고등학교에 다녔고, 내가 평소에 접하는 사람들은 아무도 요시노의 존재를 알지 못했다.

방과 후에 고개를 푹 수그리고 필로티 기둥 사이를 돌아다니며 휴대폰을 찾다가, 그만 다른 사람과 부딪칠 뻔했다.

"미안." 황급히 사과하며 고개를 들자, 상대방은 다름 아닌 마시로였다.

"뭐해?"

옅지만 미묘한 긴장감이 느껴졌다.

"휴대폰을 잃어버려서."

변명하듯 말하자, 마시로는 잠시 생각에 잠긴 표정을 짓더니 "도와줄까?" 하고 물었다.

"아니, 됐어."

애초에 남이 도와주기를 바란 적도 없고, 또 어쩐지 마시로에게 신세를 지고 싶지 않았다.

"그래?"

마시로는 뒤돌아서 걸음을 옮겼다.

한동안 필로티를 뒤지고 다녔지만 성과가 없었다. 단념하려 했을 때, "소메이!" 마시로의 목소리가 들려왔다. 돌아보니 150미터쯤 떨어진 곳에서 손을 흔드는 마시로가 보였다. 저렇게 큰 목소리도 낼 수 있구나. 그 사실이 조금 뜻밖이었다. 나를 부르는 마시로의 손에는 뭔가 들려 있었다.

"이거! 휴대폰! 소메이, 네 거 아니야?"

마시로 쪽으로 다가가서 확인했다.

"고마워."

낚아채듯 마시로에게서 휴대폰을 넘겨받았다.

"……방금 잠깐 안을 들여다보지 않았어?"

내가 다가가는 몇 초 사이에 마시로가 휴대폰을 들여다본 것 같은 느낌이 들었다.

"천만에."

그렇게 대답하는 마시로의 얼굴은 무표정해서, 아무것도 알아낼 수 없었다.

To: 요시노

쓸데없는 것만 배우고, 그 대신 너를 잊어가.

언젠가 틀림없이 마음도 아프지 않게 되겠지.

아까 휴대폰을 잃어버려서 애를 태웠어.

이 휴대폰, 옛날부터 너한테 메일 보낼 때 말고는 별로 쓸 데도 없지만.

내가 맨 처음 메일을 보냈던 것은 요시노의 장례식이 끝난 날 밤으로 기억한다.

아직 요시노에게 메일이 가는지 불현듯 시험해보고 싶어졌다.

▷너, 왜 죽어버린 거야?

마치 어린아이 같은 행동이었다.

처음에는 문제없이 메일을 보낼 수 있었다.

통신사 서버에 요시노의 메일 주소가 아직 남아 있었기 때문이다.

요시노의 메일 주소는 뒷부분에 통신사 도메인이 들어간다. 휴대폰 개통과 연동되는 형식의, 속칭 캐리어 메일이라 불리는 타입이다. 요시노의 휴대폰은 머지않아 그 부모님에 의해 해약되리라. 그러면 요시노의 메일 주소도 자동으로 소멸된다. 하지만 그때까지 한동안 메일은 이 세상에 머무르게 되는 셈이다.

▷아직 메일은 살아 있어?

나는 계속 메일을 보냈다. 요시노의 메일이 삭제되는 순간을 확인하고 싶었다. 언젠가 메일이 전달되지 않는 날이 온다. 그것이 언제일지, 왠지 모르게 알고 싶었다.

▷이쪽은 아직 살아 있는데.

그러다 마침내 요시노의 메일이 죽는 날이 왔다. 이 메일은 전송되지 않았습니다. 쌀쌀맞은 메시지가 날아왔다. 아마도 그날 요시노의 휴대폰이 해약된 것이리라.

▷나른해. 왜 이렇게 매일 나른한 거지?

하지만 나는 다음 날도 메일을 보냈다. 메일은 수신되지 않고 반송되어 왔다. 그 후로도 나는 메일 보내기를 그만두지 않았다. 계속해서 메일을 썼다.

요시노의 메일은 그 유명한 동화에 나오는 구덩이였다. 무슨 말을 하든지 아무도 듣지 않는, 깊게 판 깜깜한 구덩이. 나는 그 속에 내 감정을 토해냈다. 그렇게 함으로써 마음의 균형을 유지해왔다.

죽은 요시노에게 보내는, 전해지지 않는 메일.

그것은 내 보잘것없는 현실 도피의 수단이었다.

❹

처음 만났을 때부터 요시노에게는 어딘가 위태로운 구석이 있었다.

예컨대 요시노는 한번 소설을 쓰기 시작하면 멈추지 않았다.

집중력이 유지되는 한 논스톱으로 하염없이 손가락을 놀렸다.

말을 걸어도 반응이 없었다.

그럴 때 요시노의 정신 상태가 어떤지 궁금해서, 물어본 적이 있었다.

"갑자기 내가 소설 속으로 녹아드는 느낌이 들면서 의식이 멀어져가. 내가 내가 아닌 것처럼 손가락이 저절로 움직여. 의식이 고스란히 소설로 변하는 감각이라고 해야 하나?"

나하고는 완전히 딴판이다.

나는 딱 한 줄을 쓸 때도 매번 이런저런 쓸데없는 생각에만 사로잡혀 도무지 진도가 나가지 않았다.

요시노는 언제나 **그 순간**이 찾아오기를 기다리는 눈치였다. 그 순간이 오지 않을 때는 글에 손도 대지 않았다. 언제 그 순간이 와도 대응할 수 있도록, 교칙 위반인 노트북을 항상 몰래 가방에 챙겨 가지고 다녔다.

둘이 함께 하교하던 길에 요시노에게 그 순간이 찾아온 적이 있었다. 그럴 때 요시노의 표정은 독특했다. 마음이 어딘가 딴 곳으로 가버린 것 같은 특징적인 표정이었다.

"소메이, 먼저 가." 더는 아무것도 눈에 들어오지 않는 눈치였다. 요시노는 곧바로 가까운 공원으로 들어갔다. 집에 갈 마음도 나지 않아, 나도 뒤따라갔다. 요시노는 벤치에 앉자마자 노트북을 켜더니 여느 때와 다름없는 바로 그 상태로 소설을 쓰기 시작했다.

솔직히 말하면 나는 요시노가 부러웠다.

한번 소설을 쓰기 시작하면 끝까지 몰입한다. 그 집중력이 끊기는 일은 거의 없다. 고민조차 하지 않고 막힘없이 써 내려가는 데다, 완성된 글을 읽어보면 하나같이 중학생이 쓴 소설임을 믿기 힘든 수준이다.

요시노는 초등학교 때부터 줄곧 소설을 썼다고 한다.

수업 시간에도 소설 생각을 하느라, 속으로는 공상에 여념이 없다.

그런 철저함이 부러운 한편, 약간 무섭기도 했다.

요시노는 소설가가 되지 못하면 어떻게 할까.

소설가가 된다는 것은 말처럼 쉽지 않다.

소설을 쓸 수 있는 시간은 앞으로 점점 더 줄어들 게 틀림없다. 우리는 아직 중학생이지만, 머지않아 시답잖은 일에 관여해야만 하는 시간도 늘어난다.

요시노를 보고 있으면, 마음이 죽은 채로 생활에 매몰되어 살아갈 수 있을 것 같은 이미지가 떠오르지 않았다.

나는 요시노와 다르다.

십중팔구 뭘 해도 어중간하다. 요시노처럼 소설을 위해서라면 무엇이든 바칠 수 있는 인간이 아니다.

소설을 쓰지 않고도 살아갈 수 있다. 나는 그런 부류다.

"소메이, 넌 어떨 때 살아 있다는 사실을 실감해?"

공원에서 한 시간 가까이 거침없이 소설을 써내려가던 요시노의 손가락이 불현듯 멈추었다. 그리고 뜬금없이 내게 그런 질문을 던졌다.

"모르겠어."

"난 말이야, 소설 쓸 때 빼고는 살아 있다는 게 실감이 안 나."

그렇게 말하는 요시노의 얼굴은 어딘가 쓸쓸해 보였다.

계기라고 부를 만큼 특별히 강렬한 사건이 내 인생에 존재했던 것은 아니다.

다만 어느 날 자연스럽게 말을 하거나 글을 쓰지 못하게 된 나 자신을 발견했다.

사람들과 편하게 대화를 나눌 수 없었다.

내 입에서 흘러나오는 말들이 마치 내가 하는 말이 아닌 것 같은 기묘한 위화감이 느껴졌다. 마치 누군가 시켜서 억지로 떠드는 것 같은 느낌에 거부감이 들어, 나는 말하기를 그만두고 말았다.

초등학교 4학년 때였다.

어쩐지 허무한 기분만 들었다.

쉬는 시간에도, 가족들과 외식하러 갔을 때도, 무엇을 해도 진심으로 즐기지 못하는 자신이 있었다.

온갖 뜬소문과 TV에 나오는 연예인 이야기. 그런 대화에서 아무런 의미도 찾을 수 없었다. 반 아이들과 이야기하다 보면, 내가 그저 맞장구나 치는 기계가 된 느낌이 들었다.

그래서 나는 말을 하지 않기로 마음먹었다.

갑자기 말이 없어진 내게 모두들 꺼림칙한 시선을 보내왔다.

그래도 나는 입을 열지 않았다.

증상이 가장 심했을 때, 나는 하루 종일 누구하고도 이야기를 하지 않았다.

가족이나 같은 반 애들이 말을 걸어와도 무시할 뿐 아니라, 학교에서 선생님이 질문을 해도 대답하지 않았다.

언제부터인가 나는 쉬는 시간에 밖에서 놀지 않게 되었고, 그 대신 도서실에서 시간을 보내기 시작했다.

내가 다녔던 초등학교 도서실이 더 떠들썩한 공간이었고 매일 사람들로 북적였더라면, 아마 나는 소설을 접하는 일 없이 성장했을지도 모른다. 날마다 도서관에서 시간을 죽이는 사이, 자연스럽게 책을 읽는 버릇이 생겼다.

이것이야말로 내가 원했던 것인지도 모른다. 그렇게 생각했다.

말이 필요했다.

안녕, 왔구나, 지겨워, 축하해, 좋겠다, 진짜냐, 죽어.

그런 일상적이고 진부한 대화에서 누락된 무언가에 내가 마음 붙일 곳이 존재한다는 느낌이 들었다. 한두 문장으로는 전부 담아낼 수 없는 복잡한 감정들을, 순간순간 느껴지는 감정들을 소설은 말로 표현해준다.

그 후 나는 눈동냥으로 소설을 쓰기 시작했다.

노트북 옆에 아무나 마음 가는 소설가의 책을 놓아둔다. 그리고 그 문체를 따라 하듯 소설을 썼다.

소설을 쓸 때만 살아 있다는 느낌이 든다는 점은 사실 나도 요시노와 마찬가지였다.

비록 그렇다고 말할 수는 없었지만.

나도 노트북을 부실로 가져와, 요시노와 함께 소설을 썼다. 요시노의 물 흐르는 것 같은 타이핑 소리를 배경 음악 삼아 띄엄띄엄 소설을 썼다. 언제나 방과 후에, 날마다 둘이서.

　그 무렵 내가 주로 했던 것은 문체 모사였다. 한마디로 흉내 내기다.

　나는 남의 글을 따라 쓰는 것을 즐겼다.

　그럴 때면 어쩐지 내가 존경하는 소설가에게 다가갈 수 있을 것 같은 기분이 들었다.

　무엇보다도 나는 내가 진지하게 쓴 글을 요시노에게 보여줄 용기가 없었다. 그래서 대신 그런 소설을 요시노에게 읽으라고 넘겨주고는 했다.

　요시노는 그럴 때마다 매번 깔깔 웃으며 신나게 읽었다.

　"무라카미 하루키 풍으로 그레치[3]로 피자집을 몇 번이고 습격하는 단편, 진짜 재미있었어."

　"다음에는 그거 뒷이야기 써줘. 마치다 코우가 만일 백 명의 무샤노코지 사네아쓰라면[4]."

　당시의 나는 단순히 요시노를 웃기고 싶어서 소설을 썼는지도 모른다.

　밴드부원들이 방과 후에 비틀스나 RADWIMPS를 연주

#3 **그레치** 미국 악기 브랜드. 일렉트릭 기타와 베이스, 드럼 등 밴드용 악기로 유명함.

하는 감각에 가깝다. 창작 소설을 쓰는 것보다 마음 편히
쓸 수 있는 소설이었다.

점심시간에도 매점 빵으로 끼니를 때우며 둘이서 소설
을 쓸 때가 많았다. 어느 날 요시노가 빵을 사 가지고 와
서 내게 하나 나눠준 적이 있었다. 고마움을 표하고 나는
그 빵을 먹었다. 요시노는 그날따라 약간 컨디션이 안 좋
았는지, 화장실에 가는가 싶더니만 좀처럼 돌아오지 않았
다. 먼저 먹어도 된다고 했으므로, 나는 소설에 몰두한 채
기계적으로 빵을 베어 물었다.

"어? 내 건?"

부실로 돌아온 요시노가 의아한 기색으로 물었다. 내
책상 위를 보니 텅 빈 빵 봉지가 두 개 놓여 있었다.

"말도 안 돼! 소메이, 너 죽어도 여자 친구 안 생길 줄
알아!"

요시노가 살기 어린 눈빛으로 나를 노려보았다. 다시 사
다 주려 해도 학교 매점에서 파는 빵은 원래 개수가 적은
편이라서 금방 매진되어버린다. 어찌해볼 도리가 없었다.

"미안."

#4 마치다 코우가 만일 백 명의 무샤노코지 사네아쓰라면 「세계가 만일 백 명의
마을이라면」이라는 책 제목 패러디. 마치다 코우와 무샤노코지 사네아쓰는 둘 다 일본의 유명 작가.

사과했지만, 요시노는 단단히 심사가 뒤틀렸는지 끝까지 화난 표정을 거두지 않았다.

이윽고 요시노의 노트북에서 음악 소리가 흘러나왔다. 그런 일은 드물었다. 요시노는 평소에 소설을 쓸 때 음악을 듣는 스타일이 아니었다.

"그거 무슨 노래야? 뭔가 어두운 느낌인데."

그 노래 가사는 프랑스어나 그 비슷한 말처럼 들렸다.

음험하고 끈적한 시선으로 요시노가 나를 쏘아보며 대답했다.

"글루미 선데이."

오싹했다.

실제로 들어본 적은 없어도 곡명과 그 존재 정도는 알고 있었다. 아마 헝가리어일 것이다.

그 곡은 1930년대 헝가리에서 발표되었다. 실연과 자살을 테마로 한 그 내용의 영향을 받아, 노래를 들은 후 목숨을 끊는 사람이 속출했다고 한다. 진위 여부는 모르지만, 그런 사연으로 그 곡은 BBC에서 방송 금지 판정을 받았다.

들은 사람이 죽는 노래.

"그렇게까지 화낼 건 없잖아!"

요컨대 요시노는 암암리에 내게 죽으라는 메시지를 보

낸 셈이었다.

뭔가 한마디 되받아칠 줄 알았으나, 요시노는 그새 화가 풀렸는지 불현듯 좋은 생각이 났다는 표정으로 내게 말했다.

"소설로 사람을 죽일 수 있을까?"

그걸로 소메이 널 죽여버리고 싶은데. 요시노는 눈에 잔뜩 힘을 주고 그렇게 덧붙였다. 역시 아직 화가 가라앉지 않은 눈치였다.

"읽은 사람이 인생에 절망해서 자살해버릴 만큼 우울한 소설이라든가."

소설로 사람을 죽인다. 그런 공상에 심취하여, 둘이서 한동안 그런 소설을 열심히 써댄 적도 있었다. 단순한 장난이었다. 물론 한낱 소설로 사람이 죽을 리 없다. 우리는 그런 놀이를 통해 오히려 소설의 무력함을 확인했는지도 모른다.

그때 요시노가 쓴 소설은 재미있었다. 그래서 요시노는 그것을 살짝 손질해 약간 난해한 맛을 가미한 다음, 문학상에 응모하기로 했다.

"만약 내가 죽으면 이 노트북, 바다에 수장시켜줘."

어느 날 요시노가 말했다.

"난데없이 그게 무슨 소리야?"

중학교 1학년은 보통 자기가 죽을지도 모른다는 생각 따위 하지 않는다.

"한 치 앞을 모르는 게 인생이잖아."

요시노가 노트북을 탁 소리 내어 닫자, 그때까지 반쯤 가려져 있던 그 두 눈이 똑바로 나를 향했다.

"남들이 보는 게 싫어서 그래?"

"응, 쓰다만 원고는 특히."

그러고 보니 요시노의 미완성 원고를 읽어본 적은 한 번도 없었다. 내게 보여줄 때는 언제나 완성된 상태였다.

"게다가 나 일기 쓰거든."

"일기?"

나는 어쩐지 우스워져서 피식 웃었다.

"소설 소재로 활용할 수 있으면 좋겠다 싶어서. 소메이 네 이야기도 쓰곤 해."

"흐음, 그거 보고 싶은데?"

"절대 안 돼."

요시노의 마음속에서는 남에게 보여줘도 되는 글과 보여주고 싶지 않은 글이 명확히 구분되어 있는 모양이었다.

"하지만 카프카 같은 사례도 있잖아."

생전에는 이름 없는 소설가에 불과했던 카프카의 미완

성 장편 원고는 그의 친구이자 소설가인 막스 브로트에 의해 출판되었고, 오늘날 그 미완의 대작은 전 세계적으로 사랑받는 작품이 되었다.

"그래도 카프카는 보여주기 싫었을 거야."

카프카는 생전에 브로트에게 자신의 원고를 전부 불태워달라는 유언을 남겼다.

"사람은 언젠가 죽으니까."

졸린 듯 그렇게 말하고, 요시노는 노트북을 가방에 넣었다.

"그때는 잘 부탁해, 소메이."

둘이서 부실을 나올 때, 요시노는 어딘가 쓸쓸한 기색으로 그렇게 말했다.

거의 항상 붙어 다녔다.

하지만 함께 보낸 시간의 길이에 비하면, 대화를 나눈 시간은 비교적 짧은 편이었다.

둘 다 소설을 쓰고 읽는 데에만 몰두했기 때문이다.

나와 요시노는 결코 평범한 의미의 친구라고는 부를 수 없는 관계였다. 요시노는 소설 이외의 다른 화제를 별로 반기지 않았다. 내가 딴 이야기를 꺼내면 이내 흥미를 잃어버렸고, 때로는 맞장구치는 것조차 성가신 듯 따분한 표정으로 침묵을 지켰다.

돌이켜보면 나는 요시노에게만 마음을 열었었는지도 모른다. 오직 요시노만이 속내를 털어놓을 수 있는 상대였다. 하지만 요시노는 아마도 내게 마음을 열지 않았을 것이다.

아마 요시노는 소설에 대해서 말고는 그 누구에게도 마음을 열지 않았으리라.

우리는 소설을 통해서만 교류했다.

한 해가 지나 중학교 2학년이 되고 요시노와 같은 반이 되었지만, 그런 관계는 변하지 않았다.

그런 나날이 앞으로도 한동안은 계속 이어질 줄 알았다.

요시노가 소설가가 되기 전까지는……

밤에 집에서 저녁을 먹는데, 요시노가 메일을 보내왔다.

▷지금 너희 집 앞에 있는데, 잠깐 나올 수 있어?

놀란 나머지 젓가락질하던 손이 움찔했다. 요시노가 집까지 찾아온 것은 그날이 처음이었다. 같은 동네이다 보니 어디 사는지는 알고 있었지만, 서로의 방에 들어가 본 적도 없었다.

나는 서둘러 젓가락을 내려놓았다. 수상쩍어하는 기색인 엄마를 무시하고, 집 밖으로 나왔다.

바깥으로 나오자 도로 옆 가로등에 기대선 요시노가 보였다.

"갑자기 무슨 일이야?"

"나 당선됐어."

순간적으로 무슨 말인지 이해하지 못했다.

"세이쇼 문예 신인상, 심사 위원 장려상이래."

믿을 수가 없었다.

아무리 요시노의 소설이 재미있다지만 아직 중학교 2학년이다. 그 나이에 문학상 수상이라니, 웬만해서는 불가능한 일이었다.

중학생이 소설가가 되다니, 전혀 현실감이 없었다.

"다음에 잡지에 작품이 실려. 봄에는 단행본도 나온대."

어딘가 흥분한 기색이 묻어나는 목소리였다. 억누를 수 없는 흥분이 느껴졌다.

요시노가 소설가가 된다.

그 사실을 수없이 머릿속으로 되뇌며 받아들이려고 애썼다. 하지만 그래도 여전히 현실감이 없었다.

집으로 들어가자고 할 분위기도 아니었다. 누가 말을 꺼낸 것도 아닌데, 자연스럽게 어두운 주택가를 함께 걷게 되었다. 트레이닝복 바지에 티셔츠. 요시노의 사복은 털털했다. 아마 옷차림 따위 아무래도 상관없다는 거겠지. 듣자 하니 방금 출판사에서 전화를 받았고, 그 직후 집을 뛰쳐나와 우리 집으로 온 모양이었다. 그런 반응이라니, 역시 요시노도 아직 중학교 2학년이구나. 나는 냉정하게 생각했다.

"요시노가 소설가라……."

나만 뒤처지는 기분이 들어 진심으로 기뻐해줄 수 없었다. 요시노는 소설가가 된다. 그리고 평범한, 어디서나 흔히 볼 수 있는 중학생으로 남겨지는 나.

우리 집에서 한동안 걸은 끝에, 인적 없는 놀이터로 들어섰다. 밤에는 늘 사람이 별로 없는 곳이다.

"상금은 얼마나 되는데?"

"20만 엔."

"굉장하네. 상금으로 뭐 사게?"

"아마 책이겠지?"

20만 엔이면 원하는 만큼 실컷 책을 살 수 있다. 중학생에게는 거금이다. 한동안 시시콜콜한 돈 걱정은 하지 않고 지낼 수 있다.

내가 놀이터 가운데에 우두커니 서자, 요시노는 안절부절못하며 내 주위를 빙글빙글 돌았다. 내가 컴퍼스 바늘이라면 그 펜 끝이 그리는 궤적처럼, 요시노는 야밤의 놀이터를 서성였다.

"중학생, 조숙한 천재 작가. 충격의 데뷔."

내가 애써 놀리듯 말하자, 요시노는 쓴웃음을 지었다.

"그게 뭐야?"

"네 작품 선전 멘트."

"분명히 곧 아마존 리뷰에서 별점 한 개를 받을걸."

요시노가 데뷔한 후의 평판에 신경 쓴다는 사실이 의외였다. 조금 더 초연할 줄 알았다.

"저기, 요시노."

"괜찮아. 난 침착해."

요시노는 전혀 침착하지 않았다. 마치 열에 달뜬 것 같은 얼굴을 하고 나를 바라보고 있었다.

"늘 무서웠어. 나한테는 달리 아무것도 없으니까."

거친 호흡을 고르듯 요시노는 천천히 숨을 들이쉬었다가 다시 내쉬었다.

"다행이야."

"그래, 정말 다행이야."

나는 그저 그렇게만 말했다.

요시노가 진정할 때까지 같이 있어줄 생각이었다. 그래서 벤치에 앉아서 손짓으로 요시노를 불렀다.

"아직 식구들한테도 말 안 했어. 왠지 기뻐해주지 않을 것 같은 느낌도 들어서. 또 가장 먼저 소메이, 너한테 이야기하고 싶어서."

하지만 요시노는 이쪽으로 오는 대신, 그저 물끄러미 나를 바라보았다. 그래서 나도 똑같이 요시노를 마주 보았다.

"난 죽을 때까지 계속 소설을 쓰고 싶어."

바로 옆에 있는데도 왠지 요시노가 아주 멀리 있는 것처럼 보였다. 그 모습이 마치 사막 오아시스의 신기루처럼, 실체 없는 허상처럼 보였다.

"그렇게 소설을 써서, 너한테 좋을 게 있어?"

앞으로 요시노는 여태까지보다 훨씬 더 깊이 소설에 빠져들 테지. 그렇게 생각하자 나는 왠지 조금 겁이 나서 물었다.

"그렇게까지 해서 요시노, 너한테는 뭐가 남는데?"

"나한테는 아무것도 남지 않아도 돼."

요시노는 꾸밈없는 목소리로 그렇게 대답했다.

"전부 소설에 남으면 되니까."

말을 마친 요시노는 왠지 노려보듯 나를 쳐다봤다. 의식적으로 노려보는 것은 아닌 듯했다. 그렇지만 강렬한 눈초리였다.

"있잖아."

숨을 한 번 깊이 들이마신다.

"난 소설로 이 세상을 바꾸고 싶어."

사방의 밤공기를 뒤흔들어놓듯, 요시노는 그 한마디를 토해냈다.

"이 살기 힘든 세상을 부수고, 뭔가 다른 세상을 만들고 싶어."

요시노가 하고 싶은 말이 무엇인지, 나는 이해했다.

맞다. 이유는 모르지만, 이 현실은 살기 힘들다.

하지만 한편으로는 무슨 말도 안 되는 소리냐는 생각도 들었다.

소설로 세상을 바꾸고 싶다니.

그런다고 바뀔 리 없잖아.

나는 그렇게 쏘아붙이고 싶은 충동을 힘겹게 억눌렀다.

현실은 견고하다. 설득한다고 네 그러신가요, 알겠습니다 하고 간단히 바뀌어줄 만큼 만만한 존재가 아니다.

소설 따위 아무도 읽지 않는다. 하물며 대부분의 사람들에게 소설은 그저 단순한 오락거리에 불과하다. 제아무리 감동해도, 눈물짓고 분노해도 며칠 후면 싹 잊어버리고 원래의 일상으로 되돌아가기 마련이다.

하지만 요시노라면, 혹시 그런 세상을 바꿔놓을 수 있을까?

요시노는 그만큼 특별한 존재일까.

"역시 소설가야. 하는 말부터 다르네."

나는 그렇게 빈정대는 반응밖에 보이지 못했다.

"소메이, 넌 소설가가 아니야?"

"아니지."

"그럼 뭔데? 소설가의 정의는 뭐야?"

"프로냐 아니냐이지. 난 프로가 아니야. 그냥 일개 중학생일 뿐이야."

"소설을 쓰는 사람은 모두 소설가야."

"마음에도 없는 소리 하지 마."

"나, 먼저 가서 기다릴 테니까."

요시노는 서글픈 표정으로 나를 바라보며 말했다.

"난 아마 안 될 거야."

하지만 나는 그렇게 내 감정에 미리 선을 긋는 게 고작이었다.

⑤

"자, 다음 주 소풍 말인데요. 산에 올라가서 밥을 해 먹어야 하니까, 분담해서 재료를 준비할 필요가 있습니다."

5교시 학급 회의 시간, 주제는 지난번부터 거론되었던 소풍이었다. 우리는 넷이서 조를 짰다. 멤버는 나와 마시로, 사토와 후나오카였다.

"점심 메뉴를 무엇으로 하느냐, 그것이 문제입니다."

사토가 인생의 중대사라도 되는 양 비장하게 선언했다. 학생들의 자율성을 존중한다는 알쏭달쏭한 진보적 명분을 내세워, 점심으로 무엇을 해 먹을지는 각자의 재량에 달려 있었다.

"저기, 소메이. 내 말 듣고 있어?"

"……어, 그냥 컵라면으로 하지 그래? 물 정도는 끓일 수 있을 테니까."

"너무 무성의하잖아! 좀 진지하게 생각해봐."

사토가 발끈했다.

"아니, 난 진짜 아무거나 상관없으니까 그냥 알아서 정하라고. 결정되는 대로 따를 테니까."

"하여튼 소메이 넌 만사가 그런 식이구나. 무사안일주의형 남자네."

"그런 남자도 있어?"

남성 동지들도 고생이 많다.

사토와 내가 미묘하게 험악한 분위기를 연출하자, 마시로가 그 사이로 비집고 들어오듯 입을 열었다.

"나 초밥 먹고 싶어."

"……마시로, 너 혹시 약간 4차원이야?"

사토가 분노의 화살을 마시로의 기상천외한 발언으로 돌렸다.

"나 성게알 먹고 싶어."

"기각. 후나오카 제1차관의 의견은?"

"야키소바로 할래?"

"아아, BAD. 그야말로 무난함의 극치를 달리는 공무원 적 발상이야."

"사토 소풍 담당 장관님, 외람되지만 소풍 점심으로 기적을 일으켜서 얻다 쓰느냐는 생각이 듭니다만."

후나오카가 그렇게 반론하자, 사토는 그동안 말 꺼낼 타이밍만 노리고 있었다는 것처럼 의기양양한 얼굴로 본인의 지론을 펼쳤다.

"오코노미야키는 어때?"

"귀찮거든?" "귀찮아." "귀찮습니다."

우리 셋이 단숨에 반대하고 나서자, 천하의 사토도 다소 움츠러들었다.

"응? 안 돼?"

"절대 안 돼. 난 후나오카 의견에 한 표. 야키소바가 둘, 초밥이 하나, 오코노미야키가 하나. 오케이, 야키소바로 결정."

성가신 마음에 얼렁뚱땅 야키소바로 결론을 지었다. 사

실은 바비큐를 해 먹으면 제일 편할 것 같았지만, 그 이야기를 꺼냈다가는 정말 수습 불가능한 상태에 빠질 듯해 포기했다. 사토는 그 후에도 민주주의가 이 나라를 망친다며 꿍얼꿍얼 불평을 늘어놓았지만, 그러거나 말거나 모두 한마음으로 무시했다.

결국 점심 메뉴는 무사히 야키소바로 결정됐고, 사토가 조리 도구와 각종 조미료를, 마시로와 후나오카가 식재료 구입을 담당하는 것으로 결론이 났다.

"잠깐, 소메이는 뭘 하는데?"

"그럼 산에 올라갈 때 점심 준비용 짐은 전부 내가 들게. 됐지?"

그렇게 제안해서 사토를 납득시킴으로써, 회의는 대충 일단락되었다.

To: 요시노
    소풍날 땡땡이칠 좋은 핑계, 뭐 없을까?
    나른해.

6교시는 수학이었다.

"이 i라는 수를 허수라고 한다. 실수와는 달리 구체적인 수를 셀 때는 쓰지 않아. 제곱하면 −1이 되는 수를 가리키는데, 이 세상에 존재하지 않는 수지. 그래서 허수라고 부른다."

"선생님."

사토가 척 하고 힘차게 손을 들었다. 그 순간 키득키득 웃는 소리가 교실 전체로 퍼져나갔다.

"그거요, 사는 데 무슨 도움이 돼요?"

아마도 교실에 있는 모두가 품었을 의문을 사토가 대변했다. 하지만 나는 사토의 그런 언동이 솔직히 마음에 들지 않았다. 그런다고 뭔가 달라지는 것도 아니잖아. 그런 생각이 들었다.

"좀 복잡한데. 원래는 지금 가르칠 내용이 아니거든. 예를 들면 우리가 평소에 쓰는 실수축을 x축이라고 하자. 거기에 허수축을 도입함으로써 개념을 확장시킬 수 있어."

수학 선생님은 그렇게 설명하며 칠판에 그래프를 그렸다.

"이 그래프를 복소평면이라고 한다. 필기는 안 해도 돼. 시험에는 안 낼 거니까."

"개념이 확장되면 어떻게 되는데요?"

"예를 들면 그때까지는 풀 수 없었던 방정식을 풀 수 있게 되지."

"방정식을 풀면 어떻게 되는데요?"

"기분이 상쾌해져."

선생님의 대답에 학생들 중 몇 명이 또다시 킥킥 웃었다.

"셀 수 없는 숫자라니, 전 생각만 해도 어쩐지 기분이 나빠지는데요."

석연치 않은 표정으로 사토는 도로 자리에 앉았다.

"하지만 이 세상에 존재하지 않는 허수가 존재한다고 가정함으로써, 인류는 여기까지 발전할 수 있었던 거야. 그 지식의 일부를 지금 너희들에게 가르치는 거고."

알 듯 말 듯 하지만 역시 알 수 없는 이야기가 이어지던 와중에 종이 쳤고, 그날 수업은 그렇게 끝이 났다. 선생님은 하고 싶은 이야기가 남은 눈치였지만, 듣고 싶은 이야기가 남은 눈치인 학생은 적어도 내가 보기에는 한 명도 없었다.

방과 후의 교실에서 요시노에게 메일을 쓰고 있는데, 불현듯 인기척이 느껴졌다. 고개를 드니 사토가 바로 옆에서 나를 보고 있었다.

"또 만남 사이트야?"

사토가 어딘가 어이없다는 말투로 내게 말했다. 작년에 같은 반이었을 때부터, 사토는 내가 요시노에게 메일을 보내는 것을 현실 이외에서 이성을 찾는다는 식으로 반쯤 장난치듯 자의적으로 해석하고는 했다.

나는 황급히 스마트폰 화면을 끄고 사토 쪽으로 돌아앉았다.

"근데 왜 메일을 보내?"

"……아, 상대방이 피처폰을 쓰거든."

"참 고풍스럽고 품격 있는 만남 사이트네. 그거 말이야, 실제로 만나는 일은 없어?"

"응."

"그럼 안 만남 사이트네."

시끄럽다고 생각했다.

"소메이 너한테는 뭔가 또 하나의 세계가 있는 것 같아."

"또 하나의 세계?"

"응. 예를 들면 우리는 평소에 학교에서 만나서 이야기하지만, 그것 말고도 또 다른 세계가 있잖아? 딱히 그렇게 막 거창한 이야기는 아니고. 동아리 활동만 해도 다른 세계가 있잖아. 그리고 또 학원이라든가 아르바이트라든가. 하지만 소메이의 그 다른 세계는 현실에는 없는 거지."

어쩌면 사토는 사실 내가 인터넷 상에 뭔가 별개의 인격(계정)을 가지고 있고, 거기서 맺어진 인간관계에 빠져 산다고 생각하는지도 모른다.

"분명 진짜 소메이는 허수축 위에 있는 거야."

그렇게 말하며 사토는 아직 칠판에 남아 있는 6교시 수학 시간의 그래프를 가리켰다.

"현실의 축이 제로인 거지."

"그렇지 않아."

나는 순간적으로 어안이 벙벙해졌다. 사토의 분석에 왠지 모르게 약간 수긍하고 만 나 자신이 싫었다.

"그래서 우리한테는 속마음을 보여주지 못하는 거잖아?"

"아니야."

입으로는 부정했지만, 어쩌면 그럴지도 모르겠다고 생각했다.

"소풍 장 보는 거, 역시 다 같이 가지 않겠느냐고 마시로가 물어보던데."

갑자기 생각난 것처럼 사토가 말했다.

"음, 뭐 시간 되면 갈게."

"그것 봐, 그러면 안 와."

"그걸 네가 어떻게 알아?"

"소메이 너, 1학년 때 마지막 학급 모임에서도 그랬잖아."

그 지적대로 1학년 때 종업식이 끝나고 학급별로 간단히 식사를 하는 자리가 있었지만, 나는 결국 참석하지 않았다. 특별한 이유는 없었다. 그저 단순히 나른했다.

"뭔가 할 때, 소메이 넌 머릿수에 포함되지 않아."

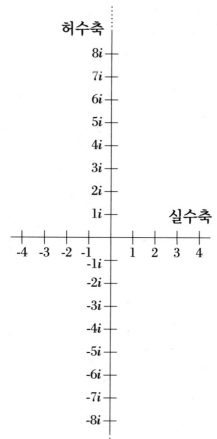

복소평면

허수축

실수축

약간 껄끄러운 침묵이 흘렀다.

그 정적을 깨듯 사토가 다시 마시로 이야기를 꺼냈다.

"마시로 말이야, 예쁘지? 소메이 너도 두근거리는 눈치던데? 첫날 아침에 말 걸어왔을 때."

확실히 두근거리기는 했다. 하지만 그 이유는 사토의 억측과는 완전히 달랐다. 나는 그 사실을 굳이 설명할 마음이 없었다.

"후나오카는 아주 잔뜩 들떠서 난리도 아니라니까."

그러고 보면 요새 후나오카는 마시로 이야기를 입에 달고 사는 느낌이었다. 라인을 할 때도 그랬다.

≫소풍 가서 마시로하고 무슨 이야기를 하면 좋을까?

사토와 교실에서 헤어져 집으로 돌아가는 길에 후나오카가 그렇게 라인을 보내왔다.

≫유쾌하고 밝은 이야기?

≫그게 구체적으로 뭐냐고.

≫난 유쾌하지도 않고 밝지도 않으니까 모르겠는데.

≫그런 소리 하지 말고 좀 도와줘~.

불현듯 요시노가 죽은 날의 기억이 떠올랐다. 요시노의 죽음은 저녁 뉴스로 짧게 보도되었다. 삼가 고인의 명복을 빈다며 조의를 표한 아나운서는 갑자기 입가에만 웃음을 머금더니, 다른 인격이 빙의하기라도 한 것처럼 밝은 목소리로 다음 소식을 전했다.

≫동물원에 아기 판다가 태어났다는 건 어때?

≫바보 취급당할걸?

≫그럼 상대방의 취향에 장단을 맞춘다든가.

≫그러니까 그게 구체적으로 뭐냐니까?

≫마시로는 성게알을 좋아하나 보지? 나님은 연어알을
좋아하는데~. 먹지 않고 짓이기는 걸 특히 좋아하거
든~.

≫동물 관련은 패스. 그리고 난 나님 같은 말 쓴 적 없고,
그런 사이코도 아니라고.

≫그럼 식물로 할래? 다육 식물 좋아해? 난 셈페르비붐
속(屬)의 바위솔이 좋은데~.

≫좀 더 공감하기 쉽고 로맨틱한 화제는 없어?

≫친척 누나가 백수에 다중채무자인 남자 친구의 아이를
가지는 바람에~.

≫징그럽고 어둡고, 나한테는 친척 누나도 없어.

≫없으면 어때? 지어내면 그만이지.

≫가만 보면 소메이 넌 그런 구석이 있더라.

≫응?

≫착실해 보이는데 어딘가 미묘하게 건성이라고 해야 하
나? 만약 사귀게 되면 그런 거짓말은 금세 들통나고,

지어낸 이야기라는 말로는 못 넘어가잖아. 현실적으로 생각할 때.

후나오카는 근본적으로 성실한 타입이구나 생각했다. 그런 면이 껄끄럽다고도 생각했다.

≫미안, 반성하는 중이야. 내일부터 심기일전해서 최선을 다할게. 그 증거로 오늘은 일단 삭발부터 하고 오마.

≫저기, 반성이 지나치거든?

그쯤에서 적당히 후나오카와의 대화를 매듭짓고, 횡단보도를 건넜다.

횡단보도 한복판에 우두커니 서서 옆을 돌아보았다. 시야 끝까지 쭉 뻗은 넓은 도로가 눈에 들어왔다. 그 지평선으로 오렌지색 해가 저물어가는 광경을 보자, 불현듯 나를 둘러싼 일상이 한없이 허무하게만 느껴졌다.

만사가 귀찮다. 진심으로 귀찮다. 다 팽개치고 훌쩍 외국으로 떠나고 싶다. 그렇게 비현실적인 생각을 했다.

그런 충동을 실행에 옮길 수는 없었으므로, 그 대신 요시노에게 메일을 보냈다.

To: 요시노

하루하루 살아가는 건 지루해서

네가 죽은 뒤로 세상이 퇴색되어 보여.

너라면 분명 이 세상을 확실하게 부숴주었을 텐데.

지나가던 길에 역 근처 서점에 들렀다.

책을 사러 간 것은 아니다.

안으로 들어가자, 오늘도 변함없이 요시노의 책이 산더미처럼 쌓여 있었다.

『요절한 천재, 요시노 시온』

그런 광고 문구와 함께 지금도 그 책이 매대에 진열되어 있는 까닭은 역시 요시노가 10대에 죽었기 때문이리라.

이른 나이에 세상을 떠난 작가의 책은 팔린다.

실제로 얼마 전에도 전철에서 요시노의 책을 보는 사람을 발견했을 정도다. 요시노의 소설은 점점 세상 속으로 퍼져나간다.

하지만 그것도 언젠가는 끝이 난다.

▷넌 기껏 이 정도로 만족해?

서점에 오면 항상 책장을 쓰러뜨리는 내 모습을 상상하고 만다. 가지런히 진열된 책을 말없이 마구 집어 던지는 내 모습이 불쑥 떠올라, 그만 쓴웃음을 지을 뻔했다.

날마다 수많은 소설이 탄생하고 또 사라져간다. 평생 읽어도 못 다 읽을 만큼 대량의 소설이 줄기차게 탄생했다가 사라져간다. 그중 대부분이 하잘것없는 내용이다.

얼마 못 가 서점가에서 모습을 감추고, 끝내는 아무도 읽지 않게 된다.

한 달 뒤까지 진열대에 남는 책은 한 줌밖에 되지 않는다. 1년 후에는? 10년 후에는? 100년 후에는 어떻게 될까?

"내 관심사는 100년 후에도 내 소설을 읽는 사람이 있느냐는 것뿐이야. 지금 이 현실 따위, 진심으로 어찌 되든 상관없다고 생각해."

요시노는 생전에 그런 말을 한 적이 있었다.

정말 고작 이 정도로 100년 후에도 네 소설을 읽는 사람이 있을 줄 알았단 말이야?

나는 생각한다.

요시노 시온은 십중팔구 사라진다.

1년 후일지 10년 후일지는 모르지만, 아마도 10년 안에는 사라지겠지. 젊을 때 죽은 까닭에 지금은 잘 팔리지만, 너무 일찍 죽었다. 요시노는 대표작을 남기지 못했다. 시대를 초월해서 사랑받을 만한 작가라고는 생각하기 어렵다. 틀림없이 싱겁게 역사 속으로 매몰되고 말겠지. 낙엽 밑에 깔린 벌레 사체처럼. 누구의 눈에도 띄지 않게 된다. 그리고 차츰 잊혀간다.

네 소설은 한참 부족하다.

그저 시시껄렁한 가십거리와 함께 소비되어갈 뿐이다.

폭탄 따위 되지 못했다. 네 소설은 불발탄이다.

실제로 지금도 퇴근길의 남녀가, 학생이, 아무렇지도 않은 얼굴로 태연하게 서점을 오간다. 네 책을 지나쳐서 다른 책을 사 간다.

▷이게 현실이야.

요시노가 죽고 나서, 나는 한 번도 소설을 읽지 않았다.

그토록 좋아했던 소설이건만, 나는 이제 더는 읽지도 쓰지도 않았다.

요시노가 죽고 나서 소설에 대한 열정이 깨끗이 사라지고 말았다.

읽으려고 해봐도 읽을 수 없었고, 쓰려고 해봐도 쓸 수 없었다.

이제는 소설가가 되고 싶다고도 생각하지 않는다.

아마 이대로 아무것도 되지 못할 거라고 생각한다.

나는 빈손으로 서점을 나섰다.

그 순간 호주머니 속에서 휴대폰이 진동했다. 멈추어 서서 확인했다.

새로 온 메일이 한 통 있었다.

하지만 대체 누가 보낸 거지?

From: 요시노

현실에 기대를 하니까 안 되는 거야.

요시노의 계정에서 온 메일이었다.

오싹했다.

영문을 알 수 없었다.

어떻게 된 거지?

메일 주소를 거듭 확인했다.

wprjmtt4663@sofom.ne.jp

착각했을 리 없다. 그것은 틀림없이 요시노의 메일 주소였다.

있을 수 없는 일이 벌어졌다.

이것은 현실이다.

내가 살아가는 이곳은 현실이다.

소설이 아니다.

죽은 사람이 살아 돌아오는 일은 없다.

그런 일은 절대로 일어나지 않는다. 그것이 현실이다.

있을 법한 가능성에 대해서 생각했다. 뭐가 있을까. 예컨대 잘못 전송된 메일이라면 어떨까. 시스템에 뭔가 오류가 생겨서, 누군가가 보낸 메일이 우연히 내게 전달되었는지도 모른다.

그러니 내가 요시노에게 메일을 보내면, 늘 그렇듯 이

번에도 전송되지 않고 되돌아오리라.

To: 요시노
　너, 누구야?

메일을 보냈다. 뒤이어 내 메일함을 확인했다.

단 한 번뿐인 에러. 그랬더라면 좋았으련만.

메일이 전송되지 않았음을 알리는 그 익숙한 자동 답장
이 날아오지 않았다.

전송에 성공하고 말았다.

한동안 기다려봤지만, 요시노의 계정에서 돌아온 메일
은 없었다.

나는 혼란에 빠졌다.

제2장

With all my love in this world

❶

수상 소식을 전해 들은 지 한 달쯤 지난 어느 날 아침, 요시노의 전화를 받았다. 당시 계절은 여름 방학이었다.

"지금 나올 수 있어?"

나는 성가시다고 생각하며 청바지에 티셔츠를 입고 편한 복장으로 밖으로 나갔다.

"좋은 아침."

우리 집 앞에 서 있는 요시노의 모습을 보고 나는 화들짝 놀랐다. 여태까지와는 완전히 달랐기 때문이다.

평소에 사복을 입을 때면 나 못지않게 털털한 옷차림을 했건만, 그날 요시노는 검은색 원피스를 입고 있었다.

게다가 화장도 한 상태였다. 중학교 2학년이여도 화장하는 애들이 있기야 하지만, 전부가 그런 것은 아니다. 요시노가 화장이라니, 믿을 수 없었다.

"뭐 하는 거야?"

너무 놀란 나머지 나는 무심코 그렇게 물었다. 외계인에게 몸을 뺏기기라도 했나? 시답잖은 생각이 뇌리를 스쳐 갔다.

"소풍 가자. 둘이서."

요시노는 조금 쑥스러운 표정으로 내게 말했다.

"……뭐?"

그 말에 당황했지만, 불쑥 뜬금없는 행동을 한다는 점에서는 어찌 보면 평소의 요시노와 다를 바 없었다.

"소메이, 부탁이야."

요시노가 나를 빤히 쳐다보며 말했다.

"오늘은 약속도 없으니까 상관없기는 한데…….."

단지 「오늘」뿐만 아니라, 그 당시의 나는 언제나 한가했다. 요시노 말고는 평소에 대화하는 상대조차 없었기 때문이다.

"그나저나 어딜 가려고?"

"비밀."

전철을 타고 가서 교토역에 내렸다.

잠깐 여기 있어보라고 하길래 매점 앞에서 기다렸다. 몇 분 있다가 돌아온 요시노의 손에는 신칸센 열차표가 들려 있었다. 행선지를 보니 〈도쿄〉라고 인쇄되어 있었다.

"이렇게 멀리 가게?"

기껏해야 근처 도서관 같은 데나 가려는 줄 알았다.

"화성이나 오리온자리나 캘리포니아에 비하면 도쿄는 가깝지."

"야, 억지 부리지 마."

"얼른 가자. 신칸센, 곧 출발하니까."

그냥 무시하고 집에 가버릴까 고민했다. 하지만 요시노의 행동이 영 심상치 않아서, 혼자 도쿄까지 보내자니 왠지 마음이 놓이지 않았다.

결국 재촉하는 대로 요시노와 함께 열차에 탔다.

"왜 하필 도쿄야?"

2인석 통로 쪽 자리에 앉으며 나는 어이없는 심정으로 요시노에게 물었다.

"그럼 반대로 소메이 넌 나랑 어딜 갈 생각이었는데?"

"무슨 소리야?"

"아무튼 그건 도착한 후의 즐거움으로 남겨둬."

요시노는 씨익 웃으며 나를 보았다.

"그럼 난 좀 잘게."

살며시 눈을 감은 것을 끝으로, 요시노는 더 이상 입을 열지 않았다.

대체 뭐냐고. 그렇게 생각하며 나도 좌석 등받이를 뒤로 젖혔다.

잠시 후 문득 어깨에 뭔가 닿는 느낌이 났다. 돌아보니 요시노의 머리가 보였다. 깨울까 한순간 망설였다.

요시노를 보면서 내가 아닌 누군가와 어딘가로 데이트하러 가는 것 같다고 생각했다.

이렇게 보니 요시노가 마치 보통 여자아이처럼 느껴졌다. 즐겁게 인생을 만끽하는, 평범하고 예쁜 여자아이처럼.

어쩌면 우리 사이에 이런 시간은 두 번 다시 찾아오지 않을지도 모른다. 그런 느낌이 들었다.

결국 나는 요시노가 그냥 자도록 내버려 두었다.

특별히 뭔가를 하지도 않고, 창밖을 내다보며 시간을 때웠다.

신칸센이 시나가와를 지나 도쿄역에 도착할 즈음, 나는 요시노를 흔들어 깨웠다.

"으음…… 벌써 다 왔어?"

"이제 어느 역으로 가면 돼?"

"요츠야."

전철로 환승해서 요츠야역 승강장에 내려섰다.

"이쪽이야."

요시노는 휴대폰의 지도 앱을 켜서 내게 보여주었다. 목적지까지 가는 길을 알려주는 모드로 설정되어 있었다. 「다음 골목에서 오른쪽으로 꺾습니다.」 일일이 친절하게 가르쳐주는 자동 음성의 안내에 따라 도쿄 시내를 누볐다.

"왠지 길치가 된 기분인데."

"기분 문제가 아니라 실제로 길치니까 어쩔 수 없어."

어느덧 목적지에 다 와가는 눈치였다. 자동 음성의 설명에서 그 사실을 짐작할 수 있었다.

이윽고 유난히 크고 엄숙한 분위기의 건물 앞에 다다랐다. 뭔가 결혼식장으로 쓰일 것 같은 번듯한 건물이었다.

"뭐 하는 데야?"

"들어가 보면 알아."

우리 말고도 건물로 들어가는 사람들이 눈에 띄었다. 하나같이 양복과 턱시도를 빼입은 데다 여자들도 한껏 멋을 내어, 격식을 갖춘 옷차림을 하고 있다는 부분이 마음에 걸렸다. 심지어 기모노를 입은 여자도 있었다. 대체 뭐지? 설마 진짜 결혼식인가? 나는 상상에 빠져들었다. 어쩌면 요시노의 친척 결혼식일지도 모른다. 넌 누구냐? 소메이라고 합니다. 어떤 관계냐? ……어떤 관계지?

"요시노 씨, 오늘은 먼 길 오시느라 고생이 많으셨습니다."

건물 출입구 근처에 있던 정장 차림의 남자가 우리 쪽으로 다가왔다. 요시노와 아는 사이인 눈치였다. 20대 후반쯤으로 보이는 수염 난 남자였는데, 다소 모난 인상을 풍겼다. 가슴에는 명찰이 달려 있었다.

"아와지 씨, 처음 뵙겠습니다."

요시노가 처음 보는 사람처럼 인사를 건넸다. 그렇지만 이름은 아는 모양이었다. 수상쩍었다. 뭐지? 소개팅인가? 설마.

"실제로 만나 뵙는 것은 오늘이 처음이지요? 알고는 있었지만, 역시 무척 젊으시군요."

"그야 중학생이니까요."

"그런데 죄송하지만, 옆에 계신 분은……?"

아와지 씨가 나를 바라보며 미심쩍은 표정을 지었다. 내가 온다는 말은 한마디도 못 들었다는 얼굴이었다.

"아, 이쪽은 소메이라고 해요."

그러자 아와지 씨는 나를 뚫어지게 쳐다보더니, 조금 난감한 기색으로 말했다.

"그게, 오늘은 원칙적으로 관계자 이외에는 참석 불가입니다만……."

"소메이는 소설가예요."

뜬금없이 그게 무슨 소리야? 내가 어쩔 줄 몰라 하는 사이, 아와지 씨가 입을 열었다.

"아, 실례가 많았습니다. 전혀 아는 바가 없어서 그만. 이분도 굉장히 젊으시군요."

아와지 씨는 바지 뒷주머니에서 구깃구깃해진 가죽 명함 지갑을 꺼내더니, 내게 명함을 한 장 내밀었다. 받아보니 「세이쇼 편집부 아와지 히로유키」라고 쓰여 있었다.

"야…… 이거, 설마……."

나는 요시노를 향해 항의하듯 말했다.

"하지만 유감스럽게도, 소메이 님에게는 오늘 수상식 초대장이……."

불길한 예감이 적중했다.

"수상식이야?"

"맞아. 내가 말 안 했던가?"

요시노는 천연덕스럽게 시치미를 뗐다.

"……아무튼 소메이 없이는 저도 수상식에 참석 안 할 테니 그렇게 아세요."

요시노는 진지한 얼굴로 황당한 선언을 했다.

"진심입니까?"

"농담하는 것처럼 보이나요?"

그러자 아와지 씨는 나직하게 한숨을 쉬더니 가슴에 단 명찰을 뺐다. 그리고 가슴 포켓에서 사인펜을 꺼내 그 뒷면에 소메이라고 적은 다음, 명찰을 내게 건네주었다.

"좀 더 점잖은 차림새를 할 수 없었어?"

아와지 씨가 내 옷차림을 보고 기막히다는 듯 한마디 했다. 말투가 대뜸 반말 조로 바뀌었다. 티셔츠에 청바지. 확실히 겉도는 느낌이 역력했다.

"아, 전 그냥 갈게요……."

그렇게 말하는 내 팔을 요시노가 덥석 붙들었다. 힘이

무척 셌다.

아와지 씨는 미리 준비한 눈치인, 이름이 번듯하게 인쇄된 또 하나의 명찰을 꺼내 요시노에게 넘겨주었다.

"그럼 갈까요?"

아와지 씨는 귀찮다는 기색으로 우리에게 들어가라는 신호를 보내고, 본인도 걸음을 옮겼다. 요시노는 무표정하게 아와지 씨를 따라갔다. 나도 그 뒤를 쫓았다.

"저도 가도 괜찮은가요?"

"괜찮지는 않지만, 뭐 어떻게든 되겠죠. 아마도."

아와지 씨는 나와 눈도 마주치지 않고 대꾸했다. 체념한 듯한 말투였다.

건물 안. 행사장 통로는 넓었고, 붉은색 융단이 깔려 있었다. 그 위를 몇몇 사람들이 오가는 모습이 보였다. 수상식 참가자들일까.

"봐, 소메이. 저기 저 사람, 유키카타 쇼스케야."

돌아보니 요시노가 가리키는 방향에 웬 뚱뚱하게 살찐 중년 남자가 있었다. 나는 잘 모르는 사람이었다.

"그게 누군데?"

내 물음에 통로에 있던 사람들이 일제히 우리 쪽을 돌아보았다. 요시노는 심드렁한 표정으로 대답했다.

"몰라? 3년 전에 『누에』#5 수프』로 문학상을 탄 소설가야."

"재미있어?"

"그건 시시했던 것 같아."

"왠지 시시할 것 같네."

"저기, 얘들아. 말조심 좀 해주시죠?"

아와지 씨가 화난 기색으로 끼어들었다.

"같이 있는 내 입장까지 난처해지잖아."

"죄송합니다."

나는 일단 형식적으로나마 사과했다. 통로에 있는 사람들 모두가 우리를 뚫어지게 쳐다보고 있었다.

"이 사람들이 다 소설을 쓴단 말이지?"

요시노는 반대로 주위를 빙 둘러보며, 동물원의 희귀종 원숭이라도 구경하듯 말했다.

"왠지 다들 성격이 고약할 것 같지 않아?"

"요시노 작가님."

아와지 씨가 걸음을 멈추더니, 요시노와 나를 번갈아 보았다.

"입에 지퍼 좀 채워주실래요?"

"네."

요시노가 엄지와 검지를 입꼬리로 가져가더니, 입술 선을 따라 손가락을 쓱 옆으로 움직였다. 지퍼 채우는 시늉

#5 **누에** 일본 전설 속의 요괴. 키마이라처럼 여러 동물이 합쳐진 형태를 하고 있음.

을 한 것임을 뒤늦게야 깨달았다.

"딱히 사교적인 능력을 요구하지는 않지만요. 손해는 안 보게 해주시죠."

아와지 씨는 그렇게 당부하고 다시 걸음을 옮겼다.

계단을 올라가 안쪽 방 앞에 섰다.

"이 방에서 수상식이 열리니까요. 요시노 작가님, 먼저 들어가서 리허설과 각종 준비에 관한 설명을 들어주시죠."

"네~."

요시노는 순순히 그 방으로 들어갔다.

"소메이 군은 혼자 돌아다니다가 시비가 붙거나 야단을 맞으면 곤란하니까, 시작하기 전까지 한동안 저하고 같이 다녀줬으면 좋겠는데요."

"아, 네."

담배를 피우고 싶다는 아와지 씨를 따라 흡연실까지 갔다. 바깥에서 기다릴까 했지만, 결국 안으로 들어갔다. 재떨이와 가죽 소파가 있었다. 아와지 씨는 소파에 털썩 주저앉아 담배에 불을 붙였다. 우리 말고는 아무도 없었다. 미성년자인 내가 따라 들어오는데 제지하지 않다니 어른으로서 문제가 있지 않나 싶었지만, 아무래도 저 사람은 약간 특이한 어른인가 보다 하고 생각을 바꾸기로 했다.

"두 사람, 대체 무슨 관계인가요?"

"그냥 동급생인데요."

"혹시 남자 친구?"

아와지 씨는 정신 사납게 다리를 떨었다. "아뇨." 별로 고상한 사람처럼 보이지는 않았다.

"요시노 작가, 남자 친구 있나요?"

"글쎄요. 하지만 아마 없을 것 같은데요."

"그렇게 생각하는 이유는?"

"평소에는 더 추레하거든요. 저렇게 꾸민 모습은 처음 봤어요."

"꽤 예쁘다고 생각했는데요."

"사복일 때는 맨날 트레이닝복에 거지 같은 티셔츠를 입고 다니는걸요."

"어떤 티셔츠길래요?"

"다자이 오사무 래글런 티셔츠 같은 거요."

내 대답이 은근히 재미있었는지, 아와지 씨는 그런 걸 도대체 어디서 사느냐며 피식 웃었다.

자세히 보니 아와지 씨의 양복은 후줄근하고 넥타이도 삐뚤어진 데다 길이도 이상하게 길었다. 셔츠도 주름투성이고, 양말에도 괴상한 해골 무늬가 있었다. 가죽 구두도 학생 같은 로퍼에 뒤꿈치가 찌그러져 있었다.

전체적으로 단정함과는 거리가 먼 분위기였다. 하지만

그 흐트러진 느낌이 기묘하게 어울리는 사람이기도 했다.

"하긴 남자 친구는 없는 편이 더 마음이 놓이지만요."

아와지 씨가 그렇게 말했다.

"왜요?"

나는 의아한 마음이 들어 물어보았다.

"그야 그편이 소설에 집중할 수 있을 테니까요."

뭐야, 그런 거였나. 나는 생각했다.

"슬슬 가봐야겠네."

아와지 씨가 흡연실 시계를 보며 말했다.

"소메이 군이 앉을 자리는 없으니, 저랑 같이 식장 뒤에 서서 보도록 하죠."

수상식은 따분하고 담담하게 진행되어갔다.

출판사의 높으신 분으로 추정되는 사람이 나와서 뭔가 상투적인 연설을 했고, 다음으로 최종 심사 위원을 맡은 전문가들이 수상작에 대한 감상을 들려주었다.

대상, 가작으로 이어지다가, 끝으로 심사 위원 장려상 인 요시노의 작품에 관한 평가가 나왔다. 최종 심사에서 심사 위원들의 의견은 엇갈렸다고 한다. 수상할 자격이 없다. 어째서 이런 형편없는 작품에 상을 줘야 하느냐고 혹평하는 사람이 있는가 하면, 참신하다며 높이 사는 사람도 있었다는 모양이다.

뒤이어 대상 수상자, 가작 수상자의 소감 발표가 있었다. 20년에 걸친 인고의 투고 생활 끝에 마흔일곱의 나이로 입상한 기구한 회사원이 대상을 받았고, 가작은 30대 의사였다. 양쪽 다 무난한 이야기만 늘어놓았다.

"아무도 본심을 털어놓지 않는 것 같다고 해야 하나, 역시 성격이 꼬였다는 느낌이 드네요."

"다들 인간성을 창작의 세계에 두고 온 셈이니까."

아와지 씨는 하품을 삼키며 그렇게 대답했다.

"아와지 편집자님, 소설가를 좋아하세요?"

"소설가를 좋아하는 사람이 이 세상에 있기는 하답니까?"

태연한 목소리로 아와지 씨가 대꾸했다.

이윽고 요시노 차례가 돌아왔다.

긴장한 것처럼 보였다. 요시노의 그런 세상 물정에 익숙하지 않은 느낌에서 비롯된 불안정한 분위기가 행사장 전체로 번졌는지, 중학교 2학년의 수상이라는 화제성도 한몫하여 수상식장 전체가 술렁이기 시작했다.

드디어 요시노의 등장이다. 나는 조금 기대되었다.

요시노는 과연 어떤 황당한 발언을 할까. 어떤 기상천외한 소리를 해서 이곳에 있는 건실한 표정을 한 어른들의 여유로운 분위기를 깨부숴 줄까.

그러나.

"오늘 이렇게 영예로운 세이쇼 문학상 심사 위원 장려상을 수상하게 된 것을 진심으로 기쁘게 생각합니다."

진부하고 형식적인 인사말로 시작된 요시노의 수상 소감은 그 후에도 내내 지루한 분위기로 이어졌다. 무난한 말들은 한 귀로 들어왔다 한 귀로 흘러나가, 전혀 기억에 남지 않았다.

카메라맨들이 잇달아 셔터를 눌렀다. 터져 나오는 플래시 불빛이 눈 부셨는지, 요시노의 눈이 힘없이 가늘어졌다.

언제나 한없이 당당하기만 하던 요시노의 모습이 그때의 내게는 왠지 조금 왜소해진 것처럼 보였다.

마치 현실의 무게에 짓눌려 버거워하는 것처럼 보였다.

그날 밤 놀이터에서 한 선언은 어디로 가버린 거야?

하지만 요시노는 그저 담담하게, 평범한 수상 소감을 발표해갈 따름이었다.

"뭐 다 이런 법이죠."

내 옆에서 아와지 씨는 안심한 기색으로 그렇게 말했다.

나는 허탈감에 젖어, 어눌한 목소리로 수상 소감을 이어나가는 요시노를 바라보았다.

예뻐지고 또 시시해진 요시노를 나는 그저 멍하니 바라보았다.

수상식이 끝나자, 방을 옮겨 파티가 열렸다. 눈 깜짝할 사이에 건배가 시작되었고, 요시노는 순식간에 온갖 사람들에게 에워싸였다. 최종 심사 위원, 출판사 관계자, 다른 소설가. 교대하듯 끊임없이 다가와서 거만한 얼굴로 말을 걸어온다. 나는 멀찍이 떨어진 곳에서 오렌지주스를 마시며 잠자코 그 모습을 지켜보았다.

이따금 요시노와 눈이 마주쳤다. 요시노는 웃음기 없는, 아무것도 아닌, 무표정하고 공허하고 텅 빈 눈빛으로 나를 바라보았다. 요시노다움 제로였다. 내가 마시는 주스의 과즙보다 적었다. 의례적인 맞장구만 치는 로봇. 튜링 테스트를 해보면 인공 지능이라는 판정이 나올 것 같았다.

나는 말동무가 없었다. 아와지 씨는 나를 혼자 내버려두고 어디론가 사라져버렸다. 심심했다. 천장에 달린 샹들리에를 바라보며 시간을 죽였다. 문득 『오페라의 유령』이 떠올랐다. 추락한 샹들리에가 요시노 머리 위로 떨어져서 피투성이가 되는 장면을 상상했다.

파티는 일곱 시에 끝났고, 대부분의 참석자는 뒤풀이를 하러 간다고 했다. 교토에서 온 요시노를 위해 호텔 방을 잡아놓았다는 말로 보아, 원래는 요시노도 그 자리에 참석할 예정이었던 모양이다.

"전 오늘은 이만 가볼게요. 소메이도 있으니까, 함께 돌아가려고요."

하지만 요시노는 그런 말을 꺼내서 아와지 씨를 난처하게 만들었다.

"소메이 군만 먼저 돌려보내면 안 될까요?"

"오늘은 제가 좀 피곤해서요."

요시노는 완강하게 밀어붙였다.

"돌아가겠습니다."

결국 둘이서 신칸센 막차를 타고 교토로 돌아가기로 했다.

아와지 씨가 행사장 출입구까지 바래다주었다.

"그럼 다음 원고 기다리겠습니다. 그리고 책이 출간되면 또 이런저런 용건으로 도쿄에 오실 일이 생길지도 모르니, 그때는 모쪼록 잘 부탁드리겠습니다."

"네. 오늘은 감사했습니다."

꾸벅 고개 숙여 인사하고, 요시노는 행사장 바깥을 향해 걸음을 옮겼다.

"아아, 피곤해."

한여름 밤의 어슴푸레한 하늘을 올려다보며 요시노가 자기 어깨를 가볍게 주물렀다.

"얌전한 여자 흉내는 피곤하다니까."

표정을 보니 평소의 요시노였다.

"뭔가 요시노 네가 아닌 것 같았어."

"……소메이 널 데려오면 평소의 내 모습으로 있을 수 있으려나 했는데, 아무래도 무리였나 봐."

요시노는 휴우 맥없이 한숨을 쉬었다.

"얌전한 여성인 척을 해야 책이 잘 팔릴 것 같아서."

요시노도 그런 타산적인 생각을 하는구나. 그 사실에 나는 내심 놀랐다.

"틀림없이 잘 팔릴 거야."

아무런 근거도 없이, 요시노를 다독이듯 그렇게 말했다. 나는 사실 요시노가 조금 더 초연하게 굴기를 바랐다.

요시노는 바닥에 굴러다니던 돌멩이를 줍더니, 앞쪽의 커다란 물웅덩이를 향해 사이드암으로 던졌다. 요시노의 손끝을 떠난 돌이 수면을 때린 순간에야 비로소 그 의도를 깨달았다. 물수제비. 하지만 허접한 돌멩이와 물웅덩이로는 잘 되지 않아, 한 번 퐁 튀어 오른 것을 끝으로 돌은 그대로 물속에 가라앉고 말았다.

"더 좋은 소설을 쓰고 싶어."

요시노는 불만스러운 기색으로 내게 말했다.

"응."

나는 그렇게밖에 대답하지 못했다.

요시노의 메일 계정에서는 좀처럼 답장이 오지 않았다. 다른 일은 아무것도 손에 잡히지 않았다.

수업 중에도, 쉬는 시간에도 메일이 오기만을 하염없이 기다렸다.

"소메이, 아까부터 폰만 들여다보네."

"……미안."

혼자 가만히 기다리다 보면 시간이 느리게 흘러간다. 하굣길에 사토가 가자고 하는 바람에, 얼떨결에 둘이 노래방에 와버렸다. 후나오카도 부를 걸 그랬다고 나중에서야 생각했지만, 너무 늦었다.

"소메이, 내일 소풍에 뭐 입고 갈 거야?"

"민무늬 래글런 티."

"좀 촌스럽지 않아?"

"냅둬."

사토가 신청한 노래의 전주가 흘러나오기 시작했을 때, 메일이 왔다.

From: 요시노

소메이, 혼란스러운 모양이구나.

오랫동안 연락하지 못해서 미안해.

　사토의 노랫소리에 고개만 까닥여 건성으로 미묘하게 박자를 맞추며, 메일을 읽었다. 그 짧은 문장을 몇 번이고, 수없이 되풀이해서 읽었다.

　▷요시노는 죽었어.

　뉴스에도 나왔다. 장례식에도 참석했다. 너는 죽었다. 몇 번이나 확인했다. 그 사실은 변하지 않는다.

　▶그날, 죽고 나서 정신을 차려보니 다른 세계에 있었어.
　　믿기 힘들지도 모르지만. 여기서 난 죽지 않았어.

　▷미안. 무슨 말인지 하나도 못 알아듣겠어.

　▶내가 살아 있다는 것 말고는 전부 똑같아. 지금 내가
　　있는 곳은 어쩌면 일종의 평행 세계가 아닐까 싶어.

　믿을 수 있을 리 없다.

　그래서야 내가 처음 읽은 요시노의 소설과 판박이 아닌가.

　평행 세계에서 온 메시지.

　만일 요시노가 죽지 않았다면.

　이 현실과는 별개로, 요시노가 살아 있는 세상이 또 하나 존재한다면.

　그곳의 요시노에게서 메시지가 온다면.

　▷못 믿겠어.

그렇게 쓴 다음, 한 문장을 덧붙여서 발송했다.

▷못 믿겠어. 만약 네가 정말 요시노라면, 뭔가 증거를
대봐.

그 메일을 보내놓고 나도 참 중증이라고 생각했다.

요시노가 내가 사는 세계와는 별개의 평행 세계에서,
여전히 살아 있다면.

정말이지 터무니없는 소리다.

하지만.

From: 요시노

공모전에 당선된 날 밤,

놀이터에서 내가 이 세상을 부수고 싶다고 했던 거,
기억해?

난 지금도 기억해.

"소메이, 진짜 누구랑 그렇게 메일을 주고받는 거야?"

사토의 목소리에 문득 정신이 들었다. 그렇다. 나는 지
금 노래방에 와 있었다.

"유령."

달리 표현할 방도가 없었다. 살짝 소름이 끼쳤다.

그날 놀이터에서 나눈 대화를 요시노가 나 아닌 누군가

에게 이야기한 걸까?

지금 눈앞에서 벌어지는 일이 현실임을 믿을 수가 없었다.

"왜 그래?"

사토의 걱정스러운 목소리가 들려왔지만, 미안하게도 성가시게만 느껴졌다.

"안색이 안 좋아. 무슨 일 있었어? 말해봐, 응?"

이상하다.

그래, 맞다. 메일을 보낸 사람은 요시노와 나밖에 알 수 없는 일을 알고 있다.

그 점은 이해했다. 하지만 그래서 뭐 어쨌다는 말인가?

요시노가 살아 있다니, 현실적으로 말이 안 되는 이야기다.

그러면서도 한편으로는 만약 상대가 요시노가 아니라면 대체 누구일까 하는 생각도 들었다.

나와의 추억을 속속들이 털어놓을 만한 상대가 요시노에게 있었던 걸까?

내가 모르는 곳에서 요시노는 친구나 애인을 만들었던 걸까?

게다가 설령 메일을 보내는 사람이 다른 누군가라 쳐도, 그것만으로는 어째서 요시노의 계정에서 메일이 오는가 하는 의문은 해소되지 않는다.

그렇게 생각하다가, 나는 다시 메일을 썼다.

요시노밖에는 대답할 수 없는 메일을.

To: 요시노

　　요시노는 왜 그때 내게 키스했지?

　요시노는 자기 이외의 그 누구에게도 그 이야기를 할 수 없었을 것이다.

　아니, 설령 이야기했다 할지라도 그 심정까지는 절대로 아무한테도 털어놓지 않았으리라.

　왜냐하면 그때 요시노의 심정은 분명 아무도 이해하지 못할 테니까.

　소풍날 아침. 요시노의 계정에서 온 메일이 없는지 확인했지만, 신규 메시지는 없었다.

　그 일은 뭔가의 오류였을까. 여전히 믿기지 않는 심정으로 소풍 길에 올랐다. 사실은 소풍 따위 어찌 되든 상관없었다.

　그날 날씨는 화창했다. 5월 말에 구름 한 점 없이 맑으면 기온이 급격하게 올라가는 법이다.

　히에이산으로 향하는 버스 안에서, 괜히 모두의 짐을

나르겠다는 말을 꺼냈다고 나는 조금 후회했다. 그중에서도 최악은 마시로가 쓸데없이 커다란 아이스박스를 가져왔다는 점이었다.

결국 올라갈 때는 나만 무리에서 뒤처졌다. 중간에 몇 번이나 아이스박스를 버리고 갈까 생각하며, 땀투성이가 된 채 산길을 걸었다.

가까스로 정상에 도착하자, 사토가 가장 먼저 나를 발견하고 잰걸음으로 다가왔다.

"뭐야, 하도 안 와서 걱정했잖아."

"점심을 걱정한 건 아니고?"

다른 조는 벌써 요리를 시작한 상태였다. 그래도 아직 식사를 시작하지는 않았으니, 심하게 늦었다고 할 정도는 아니다. 서둘러 짐을 내려 사토에게 넘겨주었다.

"좀 피곤하니까, 뒷일은 너희에게 맡길게."

나는 점심 준비를 포기하고 가까운 벤치에 털썩 주저앉았다. 마시로와 사토 둘이서 척척 요리 준비를 시작하는 모습이 보였다. 후나오카는 어디 갔나 했더니, 호랑이도 제 말하면 온다고 어디선가 불쑥 나타나서 내 옆에 앉았다.

"요리는 여자애들한테 맡기자고."

"고루한 젠더관의 소유자로군."

후나오카가 은근히 붙어 앉은 탓에 땀 냄새가 났다.

"나 오늘 고백할까 하는데."

"오늘은 관둬."

아무리 그래도 너무 성급하지 않느냐는 생각이 들었다.

"그 정도로 굶주렸어?"

황당한 심정으로 나는 후나오카에게 물었다.

"그보다는 고등학교 생활은 여자 친구가 없으면 심심하잖아?"

"그런가?"

새삼 별개의 인간임을 실감하게 된다. 나하고는 다르다. 하지만 사실은 후나오카 쪽이 보통이겠지. 저런 식으로 연애에 관심을 가지는 편이 건전한지도 모른다.

"저기, 사람을 좋아하게 된다는 건 어떤 느낌이야?"

"응? 그냥, 자연스럽게. 소메이 너도 그런 적 있을 거 아니야?"

있는지 없는지 알 수가 없었다.

"난 말이야, 연애란 픽션이 아닐까 생각할 때가 있어."

"뭐야, 어째 거창한 이야기로 흘러가는데?"

"아니, 진짜로. 그거 정말 저절로 솟아오르는 감정 맞아?"

"글쎄, 복잡한 건 잘 모르지만⋯⋯."

후나오카가 대화를 매듭짓듯 벤치에서 몸을 일으켰다.

"꾸물거려봤자 아무것도 시작되지 않으니까."

뭔가를 시작하는 게 꼭 옳다고 할 수 있어?

전쟁처럼 애초에 시작하지 않는 편이 나을 때도 있는 법이잖아.

시작하지 않고 그냥 끝내는 편이 더 나을 때도 있는 것 아냐?

이런 이야기를 후나오카한테 해봤자 소용없으리라는 생각이 들었다. 그럼 누구한테 하면 되는 거지?

마시로와 사토는 그사이 재료를 전부 썰어 만반의 준비를 마쳤고, 이제부터 본격적으로 볶는 작업에 들어가려는 참이었다.

"볶는 건 내가 할게!"

왠지 자포자기한 기색으로 외친 후나오카가 긴 조리용 젓가락을 들고 야키소바를 만들 준비를 했다.

"아차, 아이스박스."

마시로가 문득 생각났다는 얼굴로 그 무거운 아이스박스를 들고 왔다.

박스를 열자, 안에서 작은 나무 상자가 나왔다.

"……그건 뭐야?"

맥 빠질 만큼 작고 가벼워 보이는 그 모습에 나는 허탈감에 사로잡혔다. 보아하니 무거웠던 까닭은 아이스박스 자체의 중량 탓이 컸던 모양이다.

달그락 소리와 함께 마시로가 그 상자를 열었다.

"성게알입니다."

"……."

이럴 때는 어떤 표정을 지어야 좋을지 모르겠다.

"식중독이 무서우니 철저하게 온도 관리를 하기로 했습니다."

"아, 그, 그래……?"

더 따지고 들 마음도 생기지 않아, 나는 힘없이 고개를 떨군 채 묵묵히 철판에 기름을 두르는 역할을 수행했다. 그 위에 후나오카가 채소와 고기를 올려놓았다. 지글지글 고기 익는 소리가 들려왔다. 그러자 마시로가 성게알을 철판에 얹었다.

"성게알 구이입니다."

"성게알 구이?!"

사토가 기겁한 듯 호들갑스러운 목소리로 외쳤다.

"여러분도 드실래요?"

"아니, 난 됐어……. 너무 초현실적이잖아."

"재봉틀과 양산이 해부대에서 만나듯이 아름다운[#6]?"

"뭐?"

#6 재봉틀과 양산이 해부대에서 만나듯이 아름다운 초현실주의 문학의 선구자로 알려진 시인 로트레아몽이 쓴 시구.

사양하는 내게 마시로가 한마디 하자, 사토가 고개를 갸웃했다. 나는 대답 없이 무시했다.

"음, 성게알 구이, 의외로 먹을 만한데? 내 생각에는 괜찮은 것 같아."

"그렇죠?"

넉살 좋은 후나오카가 그 흐름에 편승해, 야키소바를 만들면서 이것저것 집어먹기 시작했다. 그대로 둘이 계속 대화를 이어가는 분위기길래, 나는 사토를 맡기로 했다. 목소리를 낮추고, 사토에게만 들리도록 그 귓가에 대고 나직하게 속삭였다.

"사토, 너 좋아하는 사람 있어?"

"가, 갑자기 그건 왜?"

"으음, 뭐랄까…… 시장 조사? 간단한 설문에 응해주시면 멋진 선물을 드립니다."

"선물은 뭔데?"

"뭐든 네가 원하는 거."

"……그럼 그 대신 내 질문에도 대답해줄래? 뭐든지, 무조건."

"응? 어, 그러지 뭐."

"아니, 진짜로. 진지하게 대답할 것. 알았지?"

그 말마따나 사토의 표정이 쓸데없이 진지하다는 점이

마음에 걸렸지만, 아무려면 어떠냐는 생각에 나는 가만히 고개를 끄덕였다.

"좋아하는 사람은 있어."

"학교에?"

"학교에."

"우리 반이야?"

"응."

사토는 내 눈길을 피하며 대답했다.

"혹시 후나오카야?"

"죽어."

그렇게 말하며 사토가 내 옆구리를 푹 찌르는 시늉을 했다.

"아아, 내장이 너덜너덜하네. 가망이 없어. 죽었어."

"야키소바 만드는데 그런 징그러운 소리 하지 마."

야키소바는 어느덧 거의 다 완성되어, 먹음직스러운 냄새를 피워 올리기 시작했다.

"그럼 이번에는 내가 질문할게, 알았지?"

뭐든 상관없으니 빨리 물어보라는 표정과 함께 나는 사토를 돌아보았다.

"소메이. 너는 타인에게 흥미가 없는, 남을 사랑할 수 없는 사람이야?"

"······모르겠어."

"봐, 또 그렇게 얼버무리잖아. 넌 항상 그런 식이야."

"정말 몰라서 그래. 하지만 그럴지도 몰라."

"먼저 연애 이야기를 꺼낸 사람은 너잖아. 정신 차려."

듣고 보니 일리가 있었다. 내가 먼저 말을 꺼내놓고 애매한 반응만 보이는 것도 비겁하다면 비겁한 행동이다.

"있잖아, 그럼······ 소메이, 다음에 시험 삼아 나랑 둘이서 놀러 가자."

"그래."

내 대답에 사토가 놀란 표정을 지었다.

"뭐? 진짜?"

"그래, 진짜."

딱히 아까의 후나오카에게 감화되어서는 아니지만, 뭐 어쩌랴 싶었다. 해보고 나서야 비로소 그 의미를 깨닫게 되는 경우도 있다. 일단 해보면 뭔가 알게 될지도 모른다. 진심으로 그렇게 생각한 것은 아니었지만.

"이것도 인연인데, 우리 연락처 교환하지 않을래? 전화번호랑 라인."

소풍이 끝나갈 무렵, 사토가 제안했다. 아마 후나오카와 마시로가 자연스럽게 연락처를 주고받을 기회를 만들어주려는 것이리라. 썩 내키지는 않았지만, 나도 잠자코 휴대폰을 내밀었다.

"어라? 마시로, 소메이 연락처만 저장해놓은 거 아니야?"

사토가 마시로의 휴대폰을 들여다보며 말했다.

"아, 방금 이름만 먼저 입력해놓은 거예요. 번호 칸은
비워두고."

"소메이 이름을 제일 먼저 입력했다고? 혹시 좋아해?"

"별로요."

필요 이상으로 냉랭한 목소리로 대꾸하는 바람에, 그
정도로 미운털이 박혔나 싶어 나도 살짝 의기소침해졌다.

산을 내려와 학교에서 해산했다. 전철을 타고 집으로
가는데, 메일이 왔다.

From: 요시노

　　키스하면 뭔가 알게 되지 않을까 생각했을 뿐이야.

이 메일은 대체 누가 보내는 걸까.

요시노가 아니라는 것쯤은 머리로는 이해하고 있었다.

하지만 다른 사람이라고 치면, 어째서 요시노가 쓰던
계정에서 메일이 날아오는 걸까?

To: 요시노

만약 네가 정말 요시노라면 얼마나 좋을까.

그럼 아직 이 삶에, 이 현실에 질리지 않아도 될 텐데.

From: 요시노

그럼 뭔가 다른 것도 물어봐.

내가 요시노란 사실을 네게 증명해 보일 테니까.

마음속 어디선가 평행 세계라는 허황된 개념이 정말 존재했으면 좋겠다고 생각하기 시작하는 내가 있었다.

……그런 생각을 하다니, 어쩌면 나는 약간 정신이 이상해지기 시작했는지도 모른다.

To: 요시노

네가 죽은 날, 나랑 같이 가려고 했던 곳은?

From: 요시노

헌책 시장.

5월 이맘때는 아직 날 리 없는 매미 소리가 어딘가 먼 곳에서 들려오는 것 같았다. 틀림없이 환청 아니면 기분 탓이리라.

그날은 오늘보다도 훨씬 더웠다.

내가 지금껏 살아온 날들 중에서 가장 더운 날이었는지도 모른다.

❸

요시노가 죽은 날의 기억을 나는 지금도 매일 떠올린다.

그날 우리는 전철 케이한선 데마치야나기역에서 만나기로 약속했다.

딱히 중요한 용건이 있어서는 아니다. 야외에서 헌책을 파는 시모가모 더위 쫓기 헌책 축제에 같이 갈 예정이었다. 말하자면 헌책방의 여름 페스티벌 같은 행사다.

8월이라 지하에 있는 역에서 지상으로 올라오자, 바로 매미 우는 소리가 귓가를 파고들었다.

요시노는 제시간에 나타나지 않았고, 기다리다 싫증이 난 나는 먼저 헌책 시장을 둘러보기로 했다.

여름의 백열하는 광선이 찌르듯 사람들을 비추며, 행사장 안에 무수한 그림자를 만들어냈다.

그 그림자들이 전부 책을 사려고 이곳에 왔다. 그렇게 생각하자 살짝 현기증이 일었다. 마치 모두가 이 세상에 실존하지 않는, 그림자만 있는 괴물처럼 보였다.

헌책과 땀이 뒤섞인 냄새를 맡으며 장터를 구경했다.

딱히 사고 싶은 책이 있어서는 아니었다.

창작의 벽에 부딪친 요시노에게 바깥바람을 쐬게 해주고 싶었다. 그 구실로 헌책 시장을 선택했을 뿐이다.

대량의 헌책을 보고 있노라니 머리가 어찔했다. 여기 있는 책만 하더라도 평생을 읽어도 다 읽을 수 없으리라. 그 사실에 약간 좌절할 것 같은 심정이 되었다.

그때 문득, 딱 한 권만 남아 있는 사드 전집이 눈에 띄었다.

요시노가 좋아하는 작가였다. 1500엔. 정가보다 쌌다. 이 정도면 나도 살 수 있다.

선물해도 괜찮을 것 같았다. 평소에 나는 늘 요시노에게서 책을 빌려보기만 하는 처지였기 때문이다.

책을 사고 나서 휴대폰을 확인했다.

요시노에게서 온 연락은 없었다.

이상하다는 생각이 들었다.

어떻게 된 걸까.

두 시간을 기다려도 요시노는 나타나지 않았다. 오랫동안 땡볕 아래에 있다 보니 슬슬 갈증이 나려 해서, 나는 약속 장소를 떠났다.

카페로 들어가 아이스커피를 시켰다. 가게 이름을 메일로 보낸 다음, 방금 요시노에게 주려고 사 온 책을 팔랑팔랑 넘겨보았다. 황당할 만큼 많은 사람들이 죽어나가는 책이었다. 우리는 둘 다 그런 책을 좋아했다.

그 후로도 나는 계속 기다렸다.

밖에서 비가 내리기 시작했다.

이미 바깥은 어두컴컴했다. 이렇게 되면 헌책 시장도 파장이리라. 나는 기다리기를 포기하고 집으로 돌아왔다.

비에 젖은 옷을 벗으며, 거실 TV를 켰다.

이리저리 채널을 돌렸다. 저녁 뉴스에서 요시노의 이름이 흘러나왔다.

소설가 요시노 시온 양이 오늘 자택에서 숨진 채 발견되었습니다.

현재 사고와 자살 양쪽 가능성을 염두에 두고 수사 중입니다.

소설······ 요시노··········· 사망··················.

요시노가 죽었다.

요. 시. 노. 가. 죽. 었. 다.

머리가 돌아가지 않았다.

그것을 현실이라고 받아들이기가 힘들었다.

요시노가 정말 죽었다는 실감이 나지 않았다.

나는 그저 망연자실한 채 우두커니 서 있었다.

소설로 사람을 죽일 수 있을까?

그 옛날 중학교 시절, 둘이서 장난으로 소설을 쓰던 때의 기억이 불현듯 떠올랐다.

요시노가 죽었다.

하지만 언젠가 이런 날이 오리라고 생각했다.

요시노를 처음 만난 날부터, 계속.

나는 요시노가 머지않아 죽는 게 아닐까 하는 느낌이 들었었다.

요시노의 장례식은 늦춰졌다.

자살 의혹이 있었기 때문이다.

결국 요시노가 죽은 지 사흘 후에야 비로소 장례식을 치렀다. 유가족의 뜻에 따라 가까운 사람들만 참석했다.

나는 그 장례식에 갔다. 어린 나이에 죽은 요시노. 하지만 그 영정은 소설가 요시노 시온의 작가 소개 사진이었다. 단순히 가장 잘 나온 사진이라 가져다 썼을 테지만, 그 광경을 보자 나는 왠지 기묘한 느낌이 들었다. 마치 현실의 요시노는 이 세상에 존재하지 않았던 것 같은 착각에 사로잡혔다.

장례식장에서 아와지 씨를 만났다.

우스울 만큼 새까만 넥타이를 매고, 딴사람처럼 정중한 인상으로 요시노의 부모님에게 고개 숙여 인사하고 있었다. 장례식에서는 왜 진지한 표정을 지어야만 하는 걸까.

귀찮아질 것 같아, 나는 아와지 씨를 무시하고 얼른 돌아가려고 했다. 따지고 보면 애초에 왜 요시노의 장례식에 온 걸까. 이런 허무한 짓을 해봤자 아무런 의미도 없건만.

"이봐, 기다려."

아와지 씨가 나를 불러 세웠다. 나는 기다리지 않았다. 성큼성큼 걸음을 재촉했다.

"기다리라니까. 도대체 이게 다 어떻게 된 일이야?"

"몰라요."

전화벨이 울렸다. 벨소리가 똑같아서 순간적으로 나한테 온 전화인가 했지만, 곧 아와지 씨의 휴대폰이 울렸음을 깨달았다. "받지 그러세요?" 내가 그렇게 말하자, 갈등하는 표정을 짓던 아와지 씨는 결국 전화를 받았다.

"……네, 그렇습니다. 어떻게든 다음 달까지 맞추고 싶어서요. 서점 측도 적극적으로 홍보해주셨으면 하거든요. 예, 잘 부탁드립니다."

그 통화 내용을 듣자, 바로 감이 왔다.

나는 전화를 끊은 아와지 씨에게 물었다.

"방금 그거, 요시노 책 이야기죠?"

"……그래."

아와지 씨는 왠지 상처받은 표정으로 대답했다. 당신이 왜 상처받느냐고 생각했다.

"천재의 요절, 요시노 시온. 대박 나겠네요. 어린 나이에 죽어줬으니까요. 어디 한번 팔아보자고요. 분명히 잘 팔리겠죠. 요시노도 기뻐할걸요?"

"내가, 어떤 심정으로……."

아와지 씨는 옆에 있는 전봇대를 주먹으로 두세 번 후려쳤다.

사실은 자기 자신을 때리고 싶었는지도 모른다.

그 심정이라면 나도 조금은 이해할 수 있을 것 같은 기분이 들었다.

다시는 만날 일 없겠지. 그렇게 생각했건만, 요시노의 장례식이 끝난 후 나는 곧 아와지 씨와 만나게 되었다.

아와지 씨가 요시노의 유작을 찾고 싶다는 이야기를 꺼냈기 때문이다.

나도 같이 가줬으면 좋겠다고 아와지 씨는 말했다.

어쩌면 그는 혼자 가기가 조금 겁이 났던 것인지도 모른다.

요시노네 집 대문 앞에 서서 초인종을 눌렀다.

"오셨군요. 들어오세요."

우리를 맞아준 사람은 요시노의 언니였다.

"생전 모습 그대로 놔뒀어요."

요시노네 집에는 본채와 별채가 있고, 요시노는 그중 별채에서 지냈다.

그곳은 원래 대학교수였던 요시노의 할아비지가 살았던 공간이라고 했다.

별채에는 서재와 침실로 쓰이는 방 두 개가 있었다.

요시노의 서재는 그야말로 난장판이었다.

예전에 봤을 때도 어질러진 상태이기는 했지만, 그때하고는 차원이 달랐다. 엄청난 양의 책이 책상에 마구잡이로 널려 있었다. 인쇄된 종이가 바닥에 난잡하게 깔려 있었다. 벽에 붙여놓은 종이도 있었다. 플롯으로 보이는 글과 본문이었다. 기본적으로는 프린터로 뽑은 종이였지만, 그 위에는 펜으로 갖가지 메모가 빼곡하게 적혀 있었다.

한마디로 요시노 본인이 아닌 이상, 이 광경을 보더라도 뭐가 뭔지 전혀 갈피를 잡을 수 없는 수준이었다. 그렇게 조각난 소설들이 늦가을 은행나무 길처럼 방 안을 온통 뒤덮고 있었다.

"심각하지요?"

요시노의 언니가 말했다.

하지만 아와지 씨는 말없이 그 방을 정리하기 시작했다. 나도 하는 수 없이 거들었다.

"노트북이 안 보여."

두 시간쯤 지나 마침내 종이 다발을 박스에 전부 챙겨 담은 후, 아와지 씨가 얼빠진 기색으로 중얼거렸다.

그러고 보니 요시노가 늘 소설을 쓰던 그 노트북이 눈에 띄지 않았다.

샅샅이 뒤져보았지만, 노트북은 끝끝내 나오지 않았다.

결국 아와지 씨는 마치 여우에 홀린 표정으로 교토를 떠났다. 예상이 빗나간 눈치였다.

"대체 어디 있는 걸까요?"

아와지 씨가 의아한 기색으로 말했다. 나도 전혀 짚이는 구석이 없었다.

요시노에게는 십중팔구 목숨 다음으로 소중한 집필 도구였을 터였다.

그것이 요시노의 영혼과 함께 이 세상에서 홀연히 자취를 감추어버린 것이다.

그로부터 얼마 후, 나는 불현듯 깨달았다.

요시노는 틀림없이 직접 그 노트북을 처분했으리라.

즉 그런 뜻이겠지.

요시노가 죽고 나서, 한 번은 희한한 일이 있었다.

어느 날 점심시간, 나는 교내 방송으로 교무실에 불려갔다.

학교로 나를 찾는 전화가 걸려왔다고 했다.

그 교내 방송 멘트를 들으며, 나는 건물 사이의 복도를 빠른 걸음으로 가로질렀다.

전화를 연결해준 행정 직원이 말하길 전화한 사람은 내 친척으로, 할머니가 돌아가셔서 연락한 모양이더라고 했다.

그때 우리 할머니는 이미 두 분 다 돌아가신 후였다.

수상하게 여기며, 교무실 구석에서 전화를 받았다.

"소설, 쓰고 있나요?"

젊은 여자 목소리였다. 여태껏 한 번도 들어본 적 없는 목소리였다.

"아뇨."

반사적으로 그렇게 대답하자, 전화가 뚝 끊겼다. 으스스하고 기묘한 전화였다.

나는 한동안 멍하니 교무실 창밖만 내다보고 있었다. 날씨가 무척 화창해서, 컴퓨터로 색을 입힌 것처럼 농담의 변화가 없는 물빛 하늘이 펼쳐졌다. 그렇게 쨍한 하늘이 요시노가 죽은 그날처럼 교무실에 짙은 색의 그림자를 드리웠다.

마치 죽은 요시노가 나를 나무라는 것 같았다.

요시노가 죽은 뒤로, 나는 더 이상 소설을 쓰지 않았다.

요시노가 죽고, 내 안에서 무언가가 끝나버린 느낌이
들었다.

나는 우선 내 책장에 있는 책을 처분하기로 했다.

마침 곧 폐지 수거일이었다. 마음 같아서는 싹 불살라
버리는 게 가장 상쾌했을지도 모르지만, 우리 집에는 마
당도 없어서 마땅한 장소가 없었다.

집에서 폐지 수거장까지는 2백 미터 정도 되었다. 그
거리를 몇 번씩 왕복해가며 나는 소설을 버렸다. 단 한 권
도 남겨둘 마음이 없었다. 그러므로 당연히 요시노의 소
설도 같이 버렸다.

내 안의 무언가가 상처 입은 느낌이 들었다. 그것이 내
게는 일종의 쾌락이었다.

과거의 내가 그 모습을 보았더라면 틀림없이 비명을 질
렀으리라.

텅 빈 책꽂이를 보며 나는 큰일을 하나 해치운 심정이
되었다. 책장도 얼마 후 내다 버렸다. 거치적거렸기 때문
이다.

인간답게 살자. 그렇게 마음먹었다.

그것은 요시노가 가장 싫어했던 삶이었다.

친구를 사귀고 이성과도 친하게 지내고, 필요하면 여자 친구를 만들어보는 것도 나쁘지 않으리라. 그래서 사랑하는 척해보는 것도 괜찮으리라. 신뢰 관계를 쌓자. 남들과 사이좋게 지내자. 평범한 사람이 되자.

그게 가장 편하고, 수시맞는 인생이다.

현실을 살아가는 것 이외에 해야만 하는 일은 아무것도 없다.

나는 반듯한 인간이 되고 싶었다. 망상이나 혹시 존재했을지 모르는 다른 가능성에 좌우되지 않는, 현실만을 직시하며 살아가는 어른이 되고 싶었다.

친구를 사귀려고 노력한다. 반듯한 인간이 되려고 노력한다. 노력하면 할 수 있다. 그 정도는 식은 죽 먹기라고 생각했다.

그런 식의 삶은 아마도 현실에 대한 적응 방식의 최적해(最適解) 중 하나이리라.

내가 그런 일을 간단하게 해낸 것은 아니었다. 필사적으로 노력해서 현실에 맞추었을 뿐이다. 나는 그 방면으로는 열등생이었으므로, 최선을 다해야 했다.

죽지 못하는 인간은 살아갈 수밖에 없고, 살아가려면 그에 상응하는 비용을 끊임없이 현실에 지불해야만 한다.

하지만 소설 쓰기를 그만두면서부터, 나는 내 안에 뭔가 칙칙한 앙금이 쌓여가는 느낌을 받았다.

그것은 어떤 의미로는 어둠 같은 것이었다.

현실에 적응해서 살아가다 보면, 누구나 반드시 무언가를 연기해야 할 때가 있기 마련이다.

그럴 때마다 풀 곳 없는 감정이, 마음이 내 안에 축적되어갔다.

어디에도, 현실의 어디에도 속하지 못하는 내 감정들이 내 속에서 점점 차올라, 파열할 것만 같았다.

나는 어쩌면 그동안 소설을 씀으로써, 그런 내 안의 정체 모를 어둠을 다스려왔던 것인지도 모른다.

그 어둠을, 나는 대신 요시노에게 보내는 메일에 담았다.

소설을 쓰는 대신, 요시노에게 메일을 보냈다.

따라서 죽은 요시노에게 메일을 보내는 것은 내 나름의 보상 행동이었다고 할 수 있다.

④

소풍을 다녀온 다음 주 토요일, 나는 사토와 둘이서 USJ[7]에 왔다.

#7 USJ 테마파크 「유니버설 스튜디오 저팬」의 약자.

"소메이, 재미있어?"

"모르겠어."

나는 사실대로 대답했다.

학교라는 공간을 벗어나 교복을 벗고 평소와는 다른 상태가 된 탓인지, 내가 현실에 맞추기 위해 써왔던 가면 같은 것이 벗겨지고 말았다. 하지만 어떻게 수습해야 좋을지 감이 잡히지 않았다.

그런 내 반응에 사토는 난감해하는 기색이었다.

"소메이, 오늘 좀 피곤해?"

사토가 걱정스러운 얼굴로 물었다.

너랑 같이 있으면 피곤해.

무심코 그렇게 대꾸할 뻔하고, 당황했다.

위험하다.

화장실로 가서 개인 칸에 들어가 휴대폰 화면을 켰다. 메일을 보내야겠다고 생각했다. 빨리 내 안의 악의를 토해내지 않으면, 사토에게 대놓고 화풀이를 해버리고 말 것 같았다.

▷내가 싫어하는 것은?

▶현실.

▷1학년 때는 몇 반이었지?

▶B반. 난 C.

이런 문답을 벌써 일주일이나 주고받았다.

신기했다. 질문을 던질 때마다 상대는 재깍재깍 응답해 주었다. 그 답변은 내 기억과 대체로 일치했다.

메일을 볼 때마다 발밑에서 현실감이 사라져가는 느낌이 들었다. 그래서 그때도 역시 가벼운 현기증을 느꼈다.

화장실에서 나와 눈앞에 있는 사토의 얼굴을 보았다. 어딘가 긴장한 듯한 미묘한 표정을 짓고 있었다. 내가 몸이 안 좋은 줄 알고 걱정하는 건가? 나는 억지로 기운을 내서 팔을 한 바퀴 빙글 돌려 보였다.

"우리 이제 뭐 탈까?"

사토가 물어왔다.

결국 관람차를 타기로 했다.

커다란 관람차가 아까부터 내내 눈에 들어왔지만, USJ 안에 관람차는 없다. 테마파크 밖으로 나가서 배를 타고 반대편으로 건너가, 전혀 상관없는 관람차를 타야 한다.

"나 관람차, 오랜만에 타봐."

사토가 들뜬 기색으로 말했다.

단순히 가장 차분하게 탈 수 있는 놀이기구라고 생각해서 고른 것뿐이었다.

관람차는 조금씩, 느릿한 속도로 하늘을 향해 올라갔다. 시야가 점점 높이높이 올라간다.

휴대폰을 켰다.

▷요시노가 나한테 처음 보여준 소설 내용.

발송했다.

"왜 이럴 때 메일을 보내?"

"……어."

휴대폰 화면에 시선을 고정한 채, 나는 사토의 말에 건성으로 대꾸했다.

"소메이, 나 좀 봐."

▶평행 세계의 죽은 연인에게서 러브레터가 날아오는 이야기.

답장이 재깍 돌아왔다.

"소메이, 전에 여자 친구 사귄 적 있어?"

사토의 얼굴을 보았다. 어딘가 긴장한 미묘한 표정이었다.

"아니. 아무하고도 사귄 적 없어."

"그렇구나."

이런 경우 사람들은 대개 본인에게도 같은 질문을 해주기를 바랄 때가 많다. 하지만 그때는 사토가 정말 내가 되물어주기를 바라는지 확신이 서지 않았다. 게다가 물어보기도 귀찮았다. 그래서 나는 침묵을 지켰다.

"나 요새 잘 모르겠는 게 있는데, 웃지 말고 들어줄래?"

나는 입을 다문 채 가만히 고개를 끄덕였다. 사실 사토의 개그에는 거의 웃어본 적이 없었다.

"사귀고 나서 어떻게 해야 좋을지 모르겠다고, 요즘 들어 생각해."

"……사토 너도 그런 생각을 하는구나."

"소메이, 너 날 너무 무시하는 거 아니야?"

"그게 아니라 감탄한 거야. 계속해봐."

"뭐랄까, 매일 얼굴 보고, 함께 놀러 가고…… 그런 일을 되풀이해서, 결국은 뭐가 되는 걸까 싶어서. 뭔가 공허하게 느껴질 때 없어? 소메이 넌 없을지 몰라도, 난 있어."

"그 말은 요컨대 너의 지난 연애 경험에서 비롯된 의문이란 뜻이야? 사토 너답지 않게 꽤나 허무주의적인 사고방식인걸."

평소에는 마냥 쾌활한 척하는 사토도 속으로는 그런 생각을 하는구나 싶어, 나는 조금 놀랐다.

"사토, 너 혹시 지금 대화의 흐름을 애써 나한테 맞춰주고 있는 거 아니야?"

"그런 거 아니야."

사토는 그렇게 대답하고, 관람차 창밖을 가리키며 말을 이었다.

"이렇게 높은 곳에 올라오면 사물을 거시적? 뭐 그렇게 바라보게 된다고 하나? 어쩐지 그런 기분이 들기 마련이잖아."

그 말에 나도 창밖을 내다보았다. 저 밑으로 디오라마처럼 축소된 현실이 펼쳐졌다. 인간 한 명 한 명이 의지를 가지고 돌아다니는 그 광경이 마치 집 짓는 개미 떼처럼 보여, 왠지 기분 나빴다.

▷내가 가장 존경하는 소설가는?

▶아마도 나. 아니야?

"사토, 넌 왜 살아?"

나는 물었다. 물어보고 나서야 말실수를 했음을 깨달았다.

"뭐야, 말이 좀 심한 거 아니야?"

사토는 상처받은 기색으로 웃으며 나를 쿡 찔렀다.

"아, 미안. 그런 뜻이 아니라, 그냥 순수하게 뭔가 인생 철학 같은 게 있는지 궁금해서."

"그런 거 없어. 없으니까 살아갈 수 있는지도 몰라."

그것도 나름대로 심오한 대답일지 몰랐다. 하지만 나는 그것 또한 하나의 인생관이라고 받아들일 수 있을 만큼 포용력 있는 인간이 못 되었고, 어른도 아니었다.

"그래도 난 지금 행복해."

"왜 행복한데?"

"무엇이 행복인가, 반대로 어떻게 하면 불행한가……. 그런 걸 따져봤자 결국 소용없는 일 아니야?"

"그런가?"

"왜냐면 그런 문제를 꼬치꼬치 파고들어 봐야 마음만 병들 뿐이잖아. 생각해도 소용없는 일은 생각 안 해. 내 힘으로 어떻게든 되는 일만 있는 게 아니니까."

틀림없이 그렇게 생각하며 살아가는 것이 정답이리라.

"소메이, 너는 왜 살아?"

"모르겠어."

요즘 사토 상대로는 매번 모른다는 말만 되풀이하는구나 생각했다.

"나 말이야."

어쩐지 불길한 예감이 들어 나는 잠깐, 하고 사토를 제지했다.

사토는 멈추지 않았다.

"소메이, 네가 좋아."

사토의 눈에 살짝 눈물이 고인 느낌이 나서, 능청조차 떨 수 없었다.

"왜 이런 애가 좋은 거람?"

그리고 사토는 자조하듯, 빈정거리듯 웃었다.

나는 아무런 대답도 하지 못했다.

사토와 눈을 마주칠 수 없어, 내내 바닥만 보고 있었다.

To: 요시노

요시노, 사람을 좋아한다는 게 어떤 감정인지 알겠어?

나도 역시 모르겠어.

From: 요시노

나랑은 달리 소메이, 넌 알고 있는 줄 알았는데.

전철을 타고 돌아오는 길에도 끊임없이 메일을 주고받았다.

마치 진짜 요시노 같다고 생각했다.

신기하게도 점점 기분이 고양되는 느낌이 들었다.

이 메일을 보내는 사람이 혹시 정말 요시노인 걸까?

평행 세계에 요시노가 살아 있다……?

아무리 생각해도 이상했다.

나는 요시노밖에 알 수 없는 것들만 물어보았고, 그때마다 상대는 정답을 맞혔다.

From: 요시노

소메이, 지금 소설 써?

솔직히 그것은 내가 요시노에게서 가장 받기 싫었던 질문이었는지도 몰랐다.

나는 휴대폰을 껐다. 고개를 드니 어느새 내려야 할 정거장을 하나 지나친 후였다. 허둥지둥 전철에서 내렸다.

승강장 벤치에 앉아서 생각했다. 정말 요시노인지도 모른다.

과연 그것 말고 다른 가능성이 있을까?

그동안 주고받은 메일은 하나같이 요시노밖에 모르는 내용들뿐이었다.

요시노가 살아 있다.

그렇게 생각하자 부자연스러운 웃음이 새어 나오려고 했다.

밤중에 어두컴컴한 전철 승강장에서 실실 웃는 남자. 으스스하기 짝이 없다.

한 정거장 지나쳐왔을 뿐이라, 그냥 개찰구를 나와 걸어서 집에 가기로 했다.

만약 정말로 요시노가 살아 있어서.

어딘가 다른 세계에서, 이 세상과는 다른 평행 세계에서 살아가고 있다면.

내 소원은 오직 하나뿐이었다.

To: 요시노

소설은 안 써.

그보다 요시노, 가르쳐줘.

어떡하면 나도 그쪽으로 갈 수 있어?

❺

중학교를 졸업한 후, 요시노와 나는 결국 다른 고등학교에 다니게 되었다.

공부에 큰 관심이 없었던 것치고는 어딘가 천재적인 기질이 있었던 요시노는 교토에서도 몇 손가락 안에 꼽히는 수준의 명문고에 들어갔다. 요시노와 같은 학교에 다니고 싶다는 마음도 그리 강하지 않았기에 나는 공부에 별로 열을 올리지 않았고, 결과적으로 평범한 고등학교에 입학했다.

그래도 우리는 통학할 때는 중간까지 같은 전철을 탔다. 그래서 등하굣길에 자주 마주치고는 했다.

입학식 날 아침에도 그랬다.

"고등학교 교복, 잘 어울리네."

전철 승강장 벤치에 여전히 따분한 표정을 한 채로 요시노가 앉아 있었다.

"그래? 난 여태까지 교복이 나한테 어울리는지 같은 건 생각해본 적도 없었는데."

요시노는 그런 사실에서 아무런 가치도 찾을 수 없다는 표정으로, 자기 교복 옷자락을 살짝 들어 보였다. "난 모든 인류의 교복이 잠옷이었으면 좋겠어." 아무래도 농담이 아닌 눈치였다.

우리는 함께 붐비는 아침 전철에 올라탔다.

"새로운 고등학교 생활, 적응할 수 있을 것 같아?"

희한한 일이었다. 결심 자체는 벌써 한참 전에 내렸건만, 입학식 날 아침이 되어 요시노와 내 교복이 다른 것을 보고 나서야 나는 새삼 기묘한 죄책감을 느끼기 시작했다.

"어느 학교에 가든 마찬가지야."

"환경이 인간을 규정한다는 생각은 안 해?"

"생각해본 적 없어."

요시노의 시선 끝, 차창 밖에서는 막 꽃망울을 터뜨리기 시작한 벚나무가 흘러가고 있었다. 그 얼굴을 비추는 햇살이 분홍빛으로 물든 것처럼 보였다.

"어디에 있든지, 나는 나니까."

요시노의 그 직설적인 화법이 나는 여전히 부러웠다. 눈부시다고 생각했다.

나도 요시노처럼 될 수 있다면, 지금껏 수없이 그렇게

생각해왔다.

"아무리 따분한 곳에 있어도, 난 괜찮아."

요시노에게 영향을 받는 나 자신이 어쩐지 무척 어리석은 존재처럼 느껴졌다.

그러나 고등학교에 들어간 지 얼마 안 되어, 요시노에게 이변이 생겼다.

그날 밤, 바깥에서는 갑자기 소나기가 내리기 시작했다. 세찬 빗줄기가 지붕을 때리는 소리가 내 방까지 들렸다.

다른 식구들은 저녁때 외식을 하러 나가서, 나 혼자 집을 보고 있었다.

그때 나는 인터넷에서 요시노의 데뷔작에 대한 평가를 검색해보는 중이었다. 그중에서도 왠지 부정적인 의견만을 보았다. 나는 아마도 요시노의 인터넷상에서의 평판에 관해서는 이 세상에서 가장 해박한 인간이었을 것이다. 세상에 존재하는 모든 리뷰를 읽어보았을지도 모른다.

부정적인 감상을 보며, 왠지 모르게 안심하는 내가 있었다.

당시의 내 심정은 이를테면 모차르트를 바라보는 살리에리의 심경과도 같았다. 일종의 천재에 대한 질투가 아니었을까.

불현듯 현관문을 여러 번 거칠게 두들기는 소리가 났다. 그 소리는 아무도 없는 집에 메아리치듯 울려 퍼졌다.

모차르트와 얽힌 유명한 일화가 떠올랐다. 일면식도 없는 사람이 어느 날 모차르트의 집 문을 두드린다. 그리고 그 정체불명의 인물은 그에게 레퀴엠, 즉 장송곡의 작곡을 의뢰한다. 모차르트는 그 의뢰를 받아들이지만, 곧 자신이 중병에 걸려 죽게 될 것임을 깨닫는다. 이윽고 그는 죽음의 신이 모차르트 본인을 위한 레퀴엠을 부탁한 것이라 여기게 된다. 그리고 모차르트는 끝내 그 곡을 완성하지 못한 채 세상을 떠나고 만다.

아무리 봐도 거짓말이지만, 위인전이나 역사책에는 가끔 그렇게 픽션 같은 이야기가 등장할 때가 있다. 그 까닭은 아마도 인간이 현실을 인식하는 과정에서 이야기가 필수 불가결한 요소이기 때문이리라. 그리고 이야기를 한다는 것은 항상 어디에선가 거짓말을 한다는 뜻이기도 하다.

그런 생각을 하며 어둡고 휑한, 아무도 없이 고요한 집안을 터벅터벅 걸어 현관으로 향했다. 사신이면 어쩌지? 실없는 상상을 하며 문을 열었다.

"어쩌지?"

요시노가 있었다.

머리부터 발끝까지 흠뻑 젖은 채였다.

우산을 챙겨 오지 않았는지, 몸이 젖는데도 아랑곳없이 빗속에 우두커니 서 있었다.

첫눈에 뭔가 심상치 않다고 느꼈다.

"그건 내가 할 소리 같은데."

나는 그렇게 말하며 요시노를 집으로 들어오게 했다. 식구들이 있었으면 설명하기 귀찮아질 뻔했다.

내 여벌 옷과 수건을 가져와서 요시노에게 던져주었다. "저쪽 보고 있어." 요시노의 말에 나는 시키는 대로 했다.

"큰일이야."

사락사락 요시노가 옷 갈아입는 소리만이 우리 집 거실에 울려 퍼졌다. 기분이 이상했다.

"소설을 못 쓰게 됐어."

"뭐? 왜?"

반사적으로 돌아보고 말았다. 요시노는 이미 옷을 갈아입은 후였다. 내 옷을 입은 요시노의 모습을 보고, 역시 뭔가 현실감이 없다고 생각했다.

"몰라."

몰라. 모르겠어. 요시노는 똑같은 말만 되풀이했다.

"좀 자세하게 말해봐."

요시노를 거실 의자에 앉히고, 나도 앉았다.

"사흘쯤 전부터……."

초점이 맞지 않는 눈으로 요시노는 찬장 쪽을 보았다.

"갑자기, 이상하게. 어째서……."

말에 두서가 없었다.

"소설을 못 쓰겠어."

"그럴 때도 있는 거야."

달리 뭐라고 해야 좋을지 몰라, 나는 일단 달래듯 말했다.

"이런 적 없었어, 지금까지는."

"못 쓰겠다니, 무슨 뜻이야?"

"그 **순간**이 안 와."

요시노가 소설 쓰는 방식을 떠올렸다. 마치 뭔가에 씌기라도 한 것처럼 주저 없이 움직이는 요시노의 손가락.

"슬럼프란 소리야?"

집필 컨디션에도 기복이 있다는 소문은 들었지만, 설마 요시노가 그런 상태에 빠질 줄이야. 생각지도 못했던 일이었다.

"못 쓰겠어."

요시노는 괴로운 기색으로 신음하며 탁자에 엎드렸다.

"쓸 수 있어."

나도 초조해하며 말했다. 마치 요시노의 조바심이 전염된 것처럼 절박한 목소리가 흘러나와, 그 사실에 나 스스로도 조금 놀랐다.

"하지만······."

"그 순간이 오지 않아도 요시노, 넌 쓸 수 있어."

정말 그럴지는 알 수 없었다. 하지만 그렇게 말해주어야 한다고 생각했다.

"여태까지 넌 본능과 무의식으로 써온 거야. 그건 놀라운 재능이지만, 꼭 그런 식이 아니라도 소설은 쓸 수 있어. 요시노 너 같은 스타일이 아니어도. 난 항상 생각하면서 써. 머리로 먼저 생각하고, 이성적으로, 냉정하게······."

말하는 도중에, 요시노가 묵묵히 내게 젖은 스마트폰을 내밀었다. 유심히 보니 그 화면에는 소설 원고로 추정되는 글이 떠 있었다. 나는 말없이 그것을 받아 들었다. 짧은 글이라서 금방 살펴볼 수 있었다.

다 읽자마자, 가슴속이 싸늘해졌다.

"어때?"

"솔직히 말해서······."

"응."

"심각해."

전혀 요시노의 글답지 않았다. 누구나 쓸 수 있는 평이한 문체의 평범한 소설이었다. 비유도 진부한 데다 대사도 장황하게 늘어져, 완전히 구제 불능이었다. 같은 사람이 쓴 소설이라고는 믿기 힘들 지경이었다.

이것이 분명 현재의 요시노가 악전고투하며 써 내려간 글이리라.

그런 요시노의 고통이 이쪽까지 전해져 와, 읽으면서 괴로워지는 글이었다. 차마 눈에 담기도 힘들었다. 상상력을 자극하는 느낌이라고는 털끝만큼도 들지 않았다.

"뭔가 계기가 있었어?"

카운슬러 흉내라도 낼 작정이었을까? 나는 요시노에게서 자초지종을 들어보려 했다.

"아니, 전혀."

"예를 들면 인터넷에서 부정적인 리뷰를 너무 많이 봤다든가, 아와지 씨하고 의견이 엇갈려서 못 쓰게 됐다든가."

"모르겠어. 하지만 그런 문제하고는 상관없는 것 같아."

수건으로 머리를 닦으며 요시노는 변함없이 어두운 표정으로 대답했다.

"어쩌면 좋지?"

그때 나는 요시노에게 뭐라고 말해주었어야 했을까. 과연 무엇이 정답이었을까. 그 후로도 그 일을 끊임없이 되새겨보게 된다. 하지만 그때도 알 수 없었고, 나중에도 여전히 알 수 없었다.

"요시노 너라면 쓸 수 있어."

나는 그 재능에 질투하면서도, 추악한 감정을 맛보면서

도 줄곧 요시노를 동경해왔다.

"응."

축축한 요시노의 머리카락을 드라이어로 살짝 말려주었다. 얌전히 내 손길에 몸을 내맡기는 요시노가 어쩐지 작은 어린아이처럼 보였다.

상대가 영 불안정해 보여, 걱정스러운 마음에 우산을 쓰고 요시노를 집까지 바래다주었다.

"빌려준 옷은 아무 때나 편할 때 돌려줘. 소설이 궤도에 오른 다음에 줘도 되니까."

"그냥 계속 입고 있을까 봐. 목욕도 안 하고."

"목욕은 해야지."

"그러면 소메이, 네가 곁에 있는 것 같은 느낌이 들까?"

어두운 하늘에서 쏟아지는 비가 땅을 적셨다. 길가에 켜진 가로등이 물웅덩이를 비추었다. 그 모습이 마치 아스팔트에 흐릿한 빛이 고인 것처럼 보였다.

"소설을 쓰지 못할 바에야, 나……."

"괜찮아."

요시노를 집으로 들여보내고, 왔던 길을 되돌아가며 생각했다.

만약 소설을 쓰지 못하게 되면, 요시노는 앞으로 어떻게 살아가야 하는 걸까?

한번 상상해보았다.

내가 일해서 요시노를 부양하면 어떨까?

딱히 같이 살지 않아도 된다. 결혼이니 동거니 하는 형식적인 부분은 어찌 되든 상관없다.

하지만 요시노는 싫어하겠지. 구태여 물어보지 않아도 대답은 충분히 예상이 갔다.

다만 우리는 아직 고등학생이고, 당장 생계를 걱정해야 하는 처지도 아니다.

요시노는 틀림없이 일시적인 슬럼프에 빠진 것뿐이다.

사흘만 지나면 도로 원상태로 돌아와, 또 평소처럼 신명 나게 소설을 써 내려가겠지.

처음에 나는 요시노가 처한 상황을 별로 심각하게 여기지 않았다.

아무래도 요시노는 뭔가 창작의 벽에 부딪친 눈치였다. 그 사실은 이해했다. 하지만 그게 뭐 어쨌단 말인가? 글을 쓰다 보면 당연히 막힐 때도 있지 않겠는가. 나는 그렇게 생각했다.

그동안 한 번도 벽에 부딪치는 일 없이 소설을 써온 요시노가 오히려 특이한 케이스다. 이쯤에서 슬슬 난관에 부딪쳐볼 필요도 있다. 제삼자의 입장에서 무책임하게 그런 생각을 하기도 했다.

그런 식으로 벽에 부딪쳐 수없이 그 벽을 뛰어넘고, 자신의 껍질을 깨는 과정을 반복함으로써 언젠가 걸작에 다다르게 되는 법 아니던가.

그렇게 수월하게 걸작을 써내다니, 어림없는 소리라는 생각도 들었다.

그것은 역시 어딘가 추악한, 질투를 닮은 감정이었는지도 모른다.

나는 요시노가 고뇌하면 할수록 왠지 점점 기분이 좋아지는 자신을 발견했다.

나는 역시 요시노에게 그다지 좋은 친구는 못 되었는지도 모른다.

그 직후에 요시노에게 전해 들은 이야기인데, 그 무렵 아와지 씨도 요시노의 슬럼프로 골치를 썩였다고 한다.

요시노의 데뷔작은 중학생 소설가의 첫 작품이라는 화제성도 한몫하여 히트를 쳤다. 요시노는 단번에 주목의 대상으로 떠올랐다. 어떻게든 차기작을 출간하고 싶다.

그래서 아와지 씨는 요시노에게 말했다.

애절한 러브스토리를 써주세요.

맨 처음 그 아이디어를 낸 사람은 아와지 씨의 상사인 편집장이었다고 한다.

지금 화제의 인물인 고교생 소설가가 쓴 연애 소설을 읽고 싶다.

왜냐하면 잘 팔릴 것 같으니까.

그 제안을 아와지 씨는 여과 없이 요시노에게 전달한 모양이었다.

"교토를 무대로, 지금 작가님의 진솔한 러브스토리를 써주세요."

아와지 씨의 의중은 나도 어느 정도 이해가 갔다.

틀림없이 요시노에게는 그것이 쓰기 쉬운 소재이리라고 판단했으리라.

그리고 이상한 면에서 성실한 요시노는 출판사 측의 요구에 부응하고자 진지하게 연애 소설을 쓰려고 노력했다.

요시노는 아마도 만족하지 못했던 것이리라.

인기 작가가 된다는 말은 곧 그만큼 많은 사람들에게 영향력을 행사한다는 뜻이기도 하다.

요시노는 항상 더 많은 사람들이 자기 소설을 읽어주기를 바랐다.

소설로 세계를 바꾸고 싶다.

요시노는 인기 작가가 되기 위해 연애 소설을 쓰려고 했다.

다만 문제는 요시노가 본질적으로 남의 감정을 이해하

지 못한다는 점이었다.

그래서 그 의뢰를 계기로, 요시노는 점차 무너져 내렸다.

"오늘 우리 반 남자애한테 고백받았어."

요시노가 전철 안에서 조금도 기쁜 기색 없이 말했다.

"사귀려고?"

"불가능하지 싶어."

날이 갈수록 요시노의 안색은 꺼멓게 죽어갔다. 매일 밤 수면제를 먹는다고 했다. "토할 것 같아." 비유적인 표현인 줄만 알았다. 하지만 아니었다.

우리가 내려야 할 역을 두 정거장 남겨두고 요시노가 느닷없이 전철 밖으로 뛰쳐나갔다. 영문을 몰라 순간적으로 망설였지만, 이내 나도 요시노를 뒤쫓았다. 요시노는 곧장 역사 안의 장애인 화장실로 뛰어 들어갔다. 걸쇠도 걸지 않고, 문도 활짝 열어놓은 채로. 나는 한순간 망설이다 안으로 들어갔다.

요시노는 변기에 대고 토하는 중이었다.

"괜찮아."

요시노는 그렇게 몇 번이나, 무언가를 변명하듯 내게 말했다.

나는 그저 머뭇거리며 요시노의 등을 쓸어주기만 했다.

"진솔한 연애 소설이라니, 쓸 수 있을 리가 없지."

그렇게 말하고, 요시노는 힘없이 웃었다.

또다시 통학길의 전철 안.

"소메이, 나랑 데이트라도 해볼래?"

불쑥 그런 말을 꺼냈다.

"뜬금없이 무슨 소리야?"

"아니, 그냥. 다음에 쓸 소설에 참고가 되지 않을까 해서."

"겉으로만 흉내 내봤자 소용없는 거 아냐?"

"하지만 흉내라도 내다 보면 본질을 파악하게 될지도 모르잖아."

요시노가 내세운 논리는 좀처럼 이해가 가지 않았고, 결국 우리가 어디론가 놀러 가는 일은 한 번도 없었다.

"하지만 단순히 놀이공원 같은 데 가는 것만으로 설레는 느낌을 받을 수 있을까?"

알아듣기 힘든 소리를 중얼거리는 사이, 요시노의 눈빛은 차츰 생기를 잃어갔다.

"아, 좋은 생각이 났어."

요시노가 별안간 하늘의 계시라도 받은 것처럼 내게 말했다.

"소메이, 이번 주말에 우리 집에 와줄래?"

"……뭐?"

"부탁이야. 소메이 너 정도가 아니면 부탁할 수 없는 일이라서 그래."

「정도」라는 말이 신경 쓰이기는 했지만, 나는 알았다고 요시노에게 승낙의 대답을 했다.

"……뭐 하는 거야?"

요시노의 방이었다. 다섯 평쯤 되는 다다미방에 침대가 놓여 있었고, 다른 물건은 거의 아무것도 없다시피 했다. 살풍경한 방이었다.

나는 바로 그 침대에 떠밀려 넘어졌다.

요시노가 누워 있는 내 위로 몸을 숙였다.

돌이켜보면 그날은 처음부터 요시노의 분위기가 평소와 전혀 달랐다. 요시노는 현관 앞에서 기다리다가 나를 맞아들였다. 게다가 트레이닝복이 아니라 나름대로 단정한 차림새였다.

곧장 방으로 안내되었다. 어쩐지 불길한 예감이 들기는 했다.

"내가 아는 남자애는 소메이 너뿐이거든."

"……그래서 뭐?"

"어때? 지금 어떤 기분이야?"

내심 조금도 두근거리지 않았다면 거짓말이다.

하지만 그보다는 당혹스러움 쪽이 컸다.

아무리 그래도 모든 것이 지나치게 갑작스러웠다.

"……요시노, 넌 너무 조급해."

"하지만 인생은 짧은걸."

"나한테는 너무 길게 느껴지는데."

"난 이런 데서 꾸물거리고 싶지 않아."

요시노는 차분한 것 같으면서도 어딘가 늘 쫓기듯 바쁘게 사는 인상을 풍겼다. 그렇게 초조해한 원인에는 어쩌면 요시노가 할아버지에게서 물려받은 책장의 장서가 주는 압박감도 있었을지 모른다.

요시노가 쓰는 별채에는 방이 두 개였는데, 다른 한쪽 방은 서재로 사용했다. 그 방의 책장은 청결하고 결백하고 완벽했다. 단순히 정리 정돈이나 청소 상태에 빈틈이 없다는 뜻이 아니다. 그 책장에는 일류 소설가의 작품밖에 꽂혀 있지 않았다. 시시한 소설가, 어쩌나 시시한지 그 책을 읽음으로써 읽는 내가 안도하게 되는 소설, 그런 의미에서 어딘가 마음을 편하게 해주는 소설이 요시노의 책장에는 단 한 권도 존재하지 않았다.

요시노의 책장에는 위대한 문호의 작품밖에 없었다.

그리고 요시노는 십중팔구 진심으로 문호가 되고자 했다.

그래서 요시노는 내심 몹시 조바심이 났을 것이다.

조금이라도 시간을 낭비하면 문호가 되지 못하는 게 아닐까. 세상을 바꿔놓을 만한 걸작을 쓸 수 있는 경지에 이르지 못하는 게 아닐까. 그렇게 요시노는 늘 노심초사했다. 그런 요시노의 심리를 전혀 이해하지 못하는 바는 아니었다.

"키스해도 돼?"

요시노가 물었다. 나는 지긋지긋한 심정으로 "그래." 하고 대답했다.

요시노의 얼굴이 다가왔다. 어둑어둑한 방 안에서 커튼 틈새로 새어든 빛이 어렴풋한 음영을 만들어냈다. 있는 듯 없는 듯 미묘한 요시노의 그림자가 내 얼굴 위로 드리우는 느낌이 났다. 내 심장 소리를 나는 어딘가 남의 일처럼 냉담한 시선으로 느끼고 있었다.

입술이 겹쳐진다.

요시노는 눈을 뜨고 있었다.

"눈 감아."

요시노가 말했다.

"너부터 감아."

말하느라 잠시 떨어졌던 입술이 다시 내 입술을 덮었다. 따지고 보면 나도 요시노 말고는 친한 여자애가 없었고, 그런 관계로 그때가 첫 키스였다. 요시노도 아마 나와 마찬가지였으리라 생각한다.

그것은 첫 키스처럼 특별한 느낌을 동반하는 키스와는 거리가 멀었다.

나는 평범한 인간이므로 자신의 첫 키스에 일종의 환상을 품고 있었다. 그 환상에는 몇 가지 패턴이 있었지만, 그 중 어느 것도 지금의 이 키스와는 맞아떨어지지 않았다.

그것은 단지 시시하기만 했다. 그저 리얼할 뿐, 의미가 없었다.

"이제 어떡하면 돼?"

요시노가 조금 난감한 표정으로 내게 물었다.

"너 하기 나름이지."

나는 그렇게 대답했다. 요시노에게 결정권을 넘기는 것 말고는 어떤 식으로 설명해야 좋을지 알 수 없었다.

"가령 만약 평범한 연인 사이라고 치면 뭘 해?"

"옷을 벗지 않을까?"

나는 오히려 그 가능성을 배제하듯 최대한 심드렁한 분위기로 말했다.

"그런 다음에는?"

"말로 표현할 수 없는 일을 하겠지."

"그걸 말로 표현하는 게 사명인 소설가라고는 생각할

수 없는 대사네."

"하지만 소설에서는 섹스 신을 생략하는 경우가 더 많잖아?"

"제대로 묘사한 작품도 있어."

요시노의 지적대로 그런 작품도 세상에는 얼마든지 있다. 그래서 우리는 실제로 경험한 적은 없을지언정, 무수한 섹스를 간접 체험 해왔다. 실질적인 부분은 막연하게만 알 뿐이지만, 대략 어떤 분위기에서 그런 행위를 하며 또 어떤 감정으로 해야 하는가에 관한 모범 사례를 글로는 충분히 학습한 상태였다.

"할래?"

이번에는 요시노가 내게 결정권을 넘기듯 물었다.

"안 해."

나는 한숨을 쉬며 요시노의 몸을 밀쳐냈다.

"뭔가 별거 없었네."

요시노는 십중팔구 무의식적으로 자기 입술을 손등으로 훔쳤다. 그 반응이 약간 충격이었다.

"그런 식으로 소설을 쓰기 위해 현실의 너를 움직여갈 생각이야?"

"그러면 안 돼?"

요시노는 어딘가 의연한 얼굴로 흐트러진 옷매무새를

가다듬었다.

"그럼 넌 마약에 중독된 남자 이야기를 쓰려고 마약을 하고, 살인마 이야기를 쓰려고 사람을 죽일 작정이야?"

"사드 후작과 버로스도 그랬는걸?"

요시노는 과거에 실존했던 소설가의 이름을 언급하며, 내 말을 반박했다.

"넌 현실을 소설의 소재로밖에 여기지 않아."

그리고 그 현실에는 아마 나도 포함되리라.

"그게 이상해?"

마치 자신의 소중한 것을 공격당해, 지키려고 하는 것 같은 말투였다.

"난 인간보다 소설을 사랑해."

요시노의 손이 떨리는 것이 보였다.

"이젠 신물이 나."

나는 일어서서 요시노에게 등을 돌렸다.

"나도 어떡해야 좋을지 모르겠는걸."

비통한 음색이었다. 떨리고 여리고 쇠약한 목소리였다.

"나도 모르기는 마찬가지야."

그 말을 끝으로 나는 요시노의 방을 떠났다.

남들은 유치한 고민이라고 비웃을지 모른다.

하지만 그것을 정말로 이해하는 사람이 이 세상에 과연 몇이나 될까.

제3장

With all my love in this world

①

요시노가 살아 있는 다른 세계가 있다. 만약 그렇다면 그곳이야말로 진짜 세계라고 생각했다.

지금 내가 살아가는 눈앞의 이 현실 따위, 단순한 모조품에 불과하다고 생각했다.

무가치하다, 무가치하다, 무가치하다.

내가 있는 곳은 가짜 세상이다.

그렇게 생각하자 마음이 편해졌다.

마음속의 우울함이 걷혀가는 느낌이 들었다.

▷체육 시간에 나가기 싫어.

▶나도. 운동 싫어.

메일에 속내를 토로하는 것만으로도 한결 편안해졌다. 나 자신을 유지하기 위해, 균형을 잡기 위해 나는 계속 잡담 메일을 보냈다.

▷신발 끈 말이야, 왠지 가끔 묶어도 묶어도 자꾸만 풀어질 때 있지 않아?

▶본드로 붙이면 돼. 목공용 추천.

어디를 가든 무엇을 하든 틈날 때마다 시답잖은 이야기를 메일로 주고받았다.

마치 요시노가 살아 있던 시절처럼.

▷아, 진짜 우울하네.

▶나도.

▷기분 전환법 좀 알려주라.

▶코털 먹을래?

▷참신한데!

실없는 대화들. 날마다 오가는 메일이라고 해봤자 대부분 그런 식이었다.

그래도 때로는 진지한 분위기로 메시지를 주고받을 때도 있었다.

▷앞으로 어떻게 살아가야 하는 거지?

▶그냥 될 대로 되겠지 뭐.

▷인생이란 절망뿐인 걸까?

▶그렇겠지.

희망 따위 거짓말 같아서, 조금도 신뢰가 가지 않았다.

▷이럴 줄 알았으면 좀 더 둘이 같이 놀러 다닐 걸 그랬어.

▶왜?

▷네가 소설 쓰는 모습 말고는 추억이랄 게 없잖아.

▶어디 가고 싶었는데?

▷어디든 상관없어. 그보다 넌 어디 가고 싶은데?

▶반딧불을 보러 간다거나, 기온 축제[#8]에 간다거나?

▷너 그거 결국 연애 소설 소재로 쓰려는 거잖아.

▶눈치챘어?

From: 요시노

소메이, 왜 소설을 안 쓰게 됐어?

그때처럼 소설을 쓸 수 있으면 좋으련만.

그런 생각이 들 때도 간혹 있었다.

하지만 막상 소설을 쓰려고 하면, 손가락이 움직이지 않았다.

To: 요시노

소설, 쓰고 싶어.

리모컨으로 방의 전등을 끄고, 칠흑같이 깜깜한 실내에서 잇달아 메일을 보냈다.

메일을 주고받을 때에만 살아 있다는 실감이 났다.

내게 있어 다른 시간은 전부 어찌 되든 상관없었다.

▷지금 뭐 해?

▶숨 쉬어.

#8 기온 축제 교토에서 열리는 대표적인 여름 축제.

▷나도 그래.

바다 밑이나 땅속에서 교신을 이어나가는 기분이었다.

▷요시노, 나 싫어하지?

잠시 대화가 끊겼다.

▶난 어째서 남을 사랑하지 못하는 걸까?

그거야 나도 모르지, 하고 생각했다.

그렇게 온갖 색이 뒤섞인 혼탁한 그림물감 같은 의식 속에서, 늪으로 빨려 들어가듯 나는 잠에 빠져들었다.

이튿날 학교에서 돌아오는 길에 아와지 씨의 휴대폰에 전화를 걸어보았다.

꽤나 오랜만에 듣는 졸린 것 같은 목소리였다.

"왜요?"

이 사람, 혹시 회사에서 잔 것 아닌가 한순간 의심했다. 있을 법한 일이라는 생각도 들었다.

"요시노가 살아 있다면 어떨 것 같아요?"

"끊어도 됩니까?"

아와지 씨는 화난 기색으로 상식적인 반응을 보였다. 나는 그동안의 경위를 간략하게 아와지 씨에게 설명했다.

"그럼 소설 원고를 보내주던가요."

아와지 씨는 내 말을 전혀 믿지 않는 기색으로 대꾸했다.

"대박 날걸요? 요시노 시온, 저승에서 보내온 원고. 정말이지 끝내주네요."

그 말을 끝으로 전화가 뚝 끊겼다.

당연한 일인지도 모른다. 이런 이야기를 곧이곧대로 믿기는 어려울 테니까.

약간 울컥한 상태로 나는 요시노에게 메일을 보냈다.

To: 요시노
아와지 씨가 네 원고를 보고 싶대.
그쪽에서 메일로 보내줄 수 없어?
넌 지금도 소설을 쓰고 있을 거 아냐?

하지만 메일에는 끝내 답장이 오지 않았다.

그 후로는 어떤 메일을 보내도 감감무소식이었다.

바쁜가 하는 생각도 해보았다.

불안이 엄습했다.

메일이 오기만을 하염없이 기다리는 내가 있었다.

그것 말고는 아무것도 하지 않는 날도 있었다.

그러고 보면 나는 소설 쓰기를 중단한 다음부터 시간을 헛되이 보내는 일이 늘어났다. 그런 시간이 요시노와의 메일로 메꿔져, 어딘가 안심하기도 했다.

그랬건만 또다시 그 허무한 시간 속으로 단숨에 내팽개쳐진 느낌이 들었다. 배 위에서 바다로 내버려진 쓰레기가 된 심정이었다.

오로지 공허한 시간만이 남았다.

❷

컴퓨터 앞에 앉아서 소설을 쓰려고 했을 때였다.

불현듯 재미난 아이디어가 내 머릿속을 스쳐 갔다.

요시노의 작풍을 따라 해보면 어떨까 하는 생각이 든 것이다.

그러면 요시노는 분명 웃어주지 않을까.

나는 요시노의 소설을 책장에서 몽땅 꺼내와, 책상 위에 늘어놓았다. 책장을 팔락팔락 넘기며 요시노의 문체와 작풍을 떠올렸다.

요시노의 스타일은 특징적이다. 여타 소설가와는 다르다. 독창성이 있다.

그런 소설가는 흉내 내기 쉽다.

그래서 어렵지 않게 쓸 수 있었다.

요시노의 작풍에 맞춰 소설을 쓰는 것은 내게는 수월한 일이었다. 따지고 보면 나는 요시노의 소설을 빠짐없이 쭉 읽어온 셈이었다. 데뷔 전에 써서 아직 세간에 발표되지 않은 작품들도 나는 거의 다 읽어보았다.

이 세상에서 요시노의 작품을 가장 많이 읽어온 사람은 바로 나다.

아와지 씨보다도 내가 훨씬 더 요시노의 소설을 잘 알았다.

게다가 현실의 소설가 요시노의 곁을 쭉 지켜온 사람 역시 나였다.

그래서 나는 요시노의 소설을 누구보다도 훌륭하게 써낼 자신이 있었다.

나라면 쓸 수 있다.

한번 쓰기 시작하자, 멈출 수 없었다.

요시노의 그 기상천외하고 힘찬 문체. 문장의 흐름, 리듬감. 서술 방식.

어느 누구도 요시노처럼 자유롭게 소설을 쓰지 못한다.

인정하기 싫었지만…… 내가 가장 좋아하는 소설가는 이제 요시노인지도 몰랐다. 가장 가까운 곳에 있었기에 내내 인정하기를 피해왔다.

하지만 과거의 거장 따위 견줄 바가 못 되었다.

지금 이 순간 세상에 존재하는 모든 소설 가운데 가장 새롭고 참신하고 뛰어난 소설은 바로 요시노의 소설이었다.

그 글의 모방은 나에게 쾌락이나 다름없었다.

요시노와 키스하는 것보다도 요시노를 흉내 내어 소설을 쓰는 쪽이 내게는 더 기분 좋은 일이었다.

그 소설에서 나는 만족감을 느꼈다.

음식을 먹고 자는 일도 잊고 소설을 썼다. 잠잘 틈도 배를 채울 틈도 없었다. 내 안에 요시노가 빙의한 듯한 감각. 오로지 그것에만 의지했다. 그리고 요시노가 소설을 쓸 때의 그 파괴적인 속도도 내게 전이되었다.

손가락이 신들린 듯 움직였다.

이런 감각은 난생처음이었다.

소설 쓰기가 즐거워서 견딜 수 없었다.

그리하여 나는 그 소설을 완성했다.

못된 장난처럼 즉흥적인 발상으로부터 탄생한 그 소설을 나는 가장 먼저 요시노에게 보여주고 싶었다. 요시노의 감상이 궁금했다. 내가 객관적으로 그 소설을 평가할 수는 없다. 그럼에도 나에게는 재미있는 소설을 썼다는 확신이 있었다.

이 소설을 읽으면 요시노는 과연 어떤 반응을 보일까?

칭찬해주려나? 아니, 그럴 리는 없다. 하지만 그런 망상에 빠져 있을 때, 내 가슴은 행복으로 충만해졌다. 언제나 현실보다는 망상 쪽이 백배는 즐겁고 충실한 법이다.

그래서 요시노에게 그 소설을 보여줄 마음은 나지 않았다. 나로서는 오히려 망상 속 요시노의 호의적인 반응을 소중히 여기고 싶었기 때문이다.

소설을 완성하고 한동안 그 여운에 잠겨 있는데, 불쑥 요시노에게서 메일이 왔다.

▶오늘 만날 수 있어?

요시노가 불러낼 때 내가 거절하는 경우는 거의 없다.

그럼에도 다소 주저한 까닭은 오늘이 요시노의 소설 마감일이라는 이야기를 들었기 때문이다. 그런 날 자기 쪽에서 먼저 만나자는 말을 꺼내자니, 요시노답지 않았다. 어쩐지 불안했다.

결국 나는 완성한 소설을 출력해서 들고 가기로 했다.

내가 쓴 그 소설을 물리적으로 요시노의 마음 바로 옆으로 데려가고 싶었다. 읽게 해주지는 못해도, 만나게 해주지는 못해도 그 소설에게 요시노를 한 번쯤 보여주고 싶었다.

예전에 이런 소설을 읽은 적이 있다. 헤어진 남자의 아이를 가진 여자가 몇 년 후 성장한 그 아이를 데리고 남자를 만나러 간다. 남자는 눈치채지 못하고 스쳐 지나간다. 그럼에도 여자는 그 사실에서 의미를 발견한다.

그것과 비슷한 상황을 연출하고 싶었다.

나는 그 소설을 집어 들어 메신저 백에 던져 넣은 다음, 요시노와 만나기로 한 장소로 향했다.

그날 약속 장소는 여느 때와 달랐다.

우리가 만나기로 한 곳은 중학교 시절 둘이 함께 시간을 보내고는 했던 문예부 부실이었다. 재학 중에 후배가 들어오는 일은 없었고, 그 후로 새로운 부원이 들어왔다는 이야기도 들은 바 없다.

요시노가 그곳을 지정했다.

문을 열었다.

요시노는 먼저 와 있었다.

여름 방학 기간의 중학교 문예부실에는 요시노 말고는 아무도 없었다.

"오랜만이야."

"오랜만이라고 할 정도는 아니잖아? 바로 일주일 전에도 봤으면서."

나는 말했다. 요시노는 시간 감각이 이상했다. 고작 몇 분 전에 있었던 일을 한참 된 일처럼 느낄 때도 있었고, 1년도 더 지난 일을 최근에 겪은 일로 착각하기도 했다. 요시노는 그렇게 기묘한 감각 속에서 살고 있었다.

"나 말이야, 모르겠어."

그 말에 직감적으로 아아, 결국 못 썼구나 하고 깨달았다.

"난 남을 사랑한다는 게 어떤 건지 모르겠어."

요시노는 문예부 책장에 꽂힌 책등을 가느다란 손가락으로 훑으며 말을 이었다.

"『폭풍의 언덕』을 읽어도 모르겠어. 『오만과 편견』을 읽어도 모르겠어. 어떤 책을 읽어봐도 모르겠어. 소설과 관련된 다른 것들은 전부 이해할 수 있는데, 사랑만큼은 모르겠어."

요시노의 그 토로에 대답할 말은 내 안에 존재하지 않았다.

왜냐하면 나도 모르니까.

사랑이 무엇인지, 나는 알지 못한다.

"나한테는 소설이 중요해. 소설을 읽는 내가 중요해. 소설을 쓰는 내가 중요해. 소설 말고는 전부 어찌 되든 상관없다고 생각해. 타인은 어차피 타인에 불과하잖아. 그런 걸 소중하게 여길 수가 없어."

"그래도 괜찮아."

그런 문제를 골똘히 파고들어 봐야 답이 나올 리가 없지 않은가.

세상의 평범한 사람들이 평소에 그런 문제를 진지하게 고민하다니, 절대로 그럴 리 없다고 생각했다.

실제로는 다들 틀림없이 속이면서 살아가는 것뿐이다.

사랑이 무엇인지 모르지만, 아는 척하며 살아갈 수밖에 없다.

그것이 이 세상에서 살아가기 위한 암묵적인 규칙이기 때문이다.

모른다고 실토하는 사람은 사회에서 배척당한다.

"보통 사람들 눈에 난 분명 결함이 있는 인간처럼 보이겠지. 하지만 난 내가 이상하다고 생각 안 해. 난 내가 정상이라고 생각해. 세상 모든 사람들이 기분 나빠. 기분 나빠서 못 견디겠어.

"소설 같은 거 안 써도 안 죽어."

요시노의 그 애처로운 마음의 절규를 직접적으로 건드릴 용기가 내게는 없었다. "배 안 고파? 우리 어디 나가서 점심 먹자." 그럴 때 사람은 적당히 화제를 돌리고, 생활에 관련된 문제를 언급하고는 한다. 어딘가 현실에서 멀어지려 하는 사람을 다시 현실 속으로 끌고 오려고 하고 만다.

그날 나는 요시노를 상처 입히고 싶지 않았다.

"요시노, 마감은 언제야?"

"한 시간도 안 남았어. 편집부에 전화해야 하는데……."

"내가 대신 걸어줄까?"

"……됐어. 내가 할게."

"사실은……."

나는 그렇게 운을 뗐다. 어쩌면 나도 그때 요시노의 영향으로 정신의 균형이 무너진 상태였는지도 모른다. 내 충동적인 제안이 언젠가 돌이킬 수 없는 결과를 초래하지는 않을까 두려워하면서도, 도리어 그 공포를 즐기듯 나는 입을 열었다.

"써봤어, 소설."

"……뭐?"

나는 가방에서 소설 다발을 꺼내 책상 위로 툭 내던졌다.

"써봤어. 요시노, 네 소설."

내 말에 요시노의 눈이 휘둥그레졌다.

"만약 쓸 만한 것 같으면 이 소설을 대신 편집부에 넘기면 돼. 걱정 마. 절대 안 들켜. 아무도 못 알아채. 딱 이번 한 번만 그렇게 하도록 해."

요시노는 그 소설을 집어 들었다.

그리고 말없이 읽기 시작했다.

요시노는 읽기도 전에 소설을 부정하거나 긍정하는 일이 없는 타입이었다. 읽는 속도가 빠른 탓도 있었지만, 항상 완독하고 나서야 평가를 내렸다. 그래서인지 나하고 아웅다웅 실랑이를 벌이기보다는 일단 읽어보는 편이 빠르겠다고 판단한 눈치였다. 실제로 요시노의 경우 인간과 대화하기보다 글을 읽는 편이 훨씬 신속하게 많은 양의 정보를 처리할 수 있었다.

요시노는 빠르게 페이지를 넘겼다.

소설 속의 풍경이 요시노의 머릿속을 물 흐르듯 잇달아 스쳐 지나간다.

그 모습을 나는 그저 잠자코 지켜보았다.

소설을 읽어 내려가는 요시노의 손놀림을 제외하면 방 안에는 아무런 움직임도 없었다.

하지만 차츰 요시노의 상태가 이상해져가기 시작했다.

요시노는 늘 일정한 속도로 소설을 읽었다. 그런데 그 페이스가 눈에 띄게 흐트러졌다.

손놀림이 서서히 느려지며 읽는 속도가 떨어져갔다. 눈은 공허해서, 내용을 제대로 이해하고 있기나 한지 보는 내가 다 불안해질 정도였다.

그럼에도 요시노는 소설 읽기를 그만두려고 하지 않았다. 시계를 보았다. 벌써 40분 이상이 지났다. 만일 편집부에 그 소설을 보낼 생각이라면 슬슬 결정을 내려야만 할 시점이었다.

느리지만 그래도 보통 사람보다는 훨씬 빠른 속도로 요시노는 내가 쓴 소설을 읽어 내려갔고, 남은 페이지는 점차 줄어들었다. 마지막 페이지를 넘긴 후, 요시노는 한동안 뻣뻣하게 굳어 있었다.

"……어때?"

참다못해 내가 먼저 입을 열었다.

요시노가 나를 보았다.

그 순간의 표정을 나는 평생 잊지 못할 것이다.

그것은 일종의 저주라고 생각한다.

정확하게 말하면 나는 그때 요시노가 실제로 어떤 표정을 하고 있었는지, 사진처럼 선명하게 떠올리지는 못한다.

단지 그 순간 내가 받았던 인상만이 기억난다.

요시노는.

살해당한 것 같은 표정을 하고 있었다.

처참하게 짓이겨진 느낌이었다.

마치 바퀴벌레를 때려잡은 후의 사체 같았다.

인간의 얼굴이 아니었다.

얼굴 한가운데에 검은 구멍이 뻥 뚫린 것처럼 보였다.

그리고 그 구멍은 다시는 메울 수 없다. 그런 구멍처럼 느껴졌다.

"하지 마."

그 목소리에 나는 문득 정신을 차렸다.

요시노는 출력해 온 소설 원고를 내게 집어 던졌다. 클

립 등으로 고정해놓은 상태가 아니었기 때문에, 그 종이 뭉치는 공기 저항에 부딪쳐 사방으로 흩어졌다.

"날 흉내 내서 내 목소리로 내 행세를 하면서, 이딴 식으로 가식적인 사랑 따위 논하지 말란 말이야."

소설이 공중을 날았다.

이야기의 조각이, 내가 직접 쓴 글의 일부가 허공을 날면서도 순간적으로 내 눈에 들어왔다. 저녁 햇살을 받아 선명하게 보였다. 마치 이야기가 갈가리 찢겨 분해되어가는 느낌이었다.

"소메이, 넌 내 심정을 이해 못 해."

"작가가 어떤 심정으로 소설을 쓰는지가 소설하고 무슨 상관인데?"

나는 차가운 목소리로 대꾸했다.

나는 줄곧 요시노를 질투해왔다.

어떤 의미에서는 싫었다.

요시노가.

우아하게 소설을 쓰는 요시노가.

요시노가 이 세상을, 나를 미워하듯 나 역시 요시노를 미워했다.

그 재능이 미워서 견딜 수가 없었다. 그래서였을 것이라고 생각한다.

"소메이, 너 같은 건……."

요시노가 내뱉었다. 내가 처음 보는 요시노의 격정이었다. 아마도 요시노가 처음으로 현실을 향해 내비쳤을 격렬한 감정이었다.

요시노는 비틀거리며 내 목을 졸랐다. 어느새 그렇게 불쑥 다가와서 내 목에 손을 얹었는지, 나조차도 인식하지 못했다.

요시노의 손이 내 목으로 파고들었다.

그러나 요시노의 팔은 지독히도 가늘어서. 그 힘은 너무나도 약했다.

요시노.

그래서는 날 못 죽여.

"지금 여기서 나를 죽이면, 그 소설을 내가 썼다는 사실을 아는 사람은 아무도 없어. 그러니 당당하게 제출하면 돼."

요시노의 손에서 힘이 풀렸다.

나는 요시노를 밀어내고 일어섰다. 어려울 것은 없었다. 손쉽고 간단하게 요시노를 밀어낼 수 있었다.

"살인은 소설 속에서만 해줄래?"

영혼이 빠져나간 것처럼, 매미 허물처럼 가벼웠다.

나는 곧바로 부실을 나섰다.

그리고 자신에게 물었다.

이제 만족해?

조금도 만족스럽지 않았다.

겨우 이까짓 일로 요시노 시온이 끝나버리다니, 참을 수 없었다.

그날 집에 돌아오자 휴대폰이 울렸다. 아와지 씨의 번호였다.

"요시노 작가님하고 연락이 안 되는데."

"그래서요?"

"그 애, 원고 펑크 냈어."

"그랬나요?"

"예상했다는 말투인데?"

"예상했다면 어떡하실 건데요?"

"펑크만 낸 게 아니라 전화를 안 받아. 마음 같아서는 내가 당장 그쪽으로 가서 상황을 확인하고 싶지만, 불행히도 지금은 펑크를 메우느라 바빠서 그럴 형편이 못 되거든."

그 순간, 또다시 내게 뭔가 마(魔) 같은 것이 씌는 느낌이 들었다.

"요시노요, 원고 완성했어요."

나는 그것이 사실임을 믿어 의심치 않는 것처럼 매끄럽

게 말했다.

"……그럴 리 없잖아."

"단순히 내용이 마음이 안 들어서 보내지 않은 것뿐이에요. 하지만 저는 그 작품 원고, 갖고 있어요."

"보여주면 안 될까?"

"메일로 보내드려요?"

아와지 씨의 목소리에 안도가 서렸다.

"갖고 있어? 그럼 나한테 보내줘. 바로 읽어볼 테니까."

"방금 보냈어요."

메일에 파일을 첨부해서 발송했다.

"고맙다."

곧바로 전화가 끊겼다.

왜 그런 짓을 한 걸까?

아마도 시험해보고 싶었던 게 아니었을까.

요시노가 아닌 누군가가 내 소설을 보고 어떻게 생각할까. 궁금했다.

밤늦게 아와지 씨에게서 다시 전화가 걸려왔다.

"어떻던가요?"

나는 덤덤한 목소리를 내려고 노력하며, 그렇게 물었다.

"좋았어."

흥분한 기색으로 아와지 씨가 대답했다.

허탈했다. 어쩌면 나는 그 말을 요시노에게서 듣고 싶었는지도 모른다.

이제 다 그만두자 싶었다.

"작가님과 통화하고 싶은데. 이 정도면 정식으로 잡지에 실어도 문제없을 것 같아. 설득해서 게재하는 방향으로……."

"미안해요, 편집자님."

"응?"

"그거요, 제가 쓴 거예요."

아와지 씨의 반응은 제법 걸작이었다. 한동안 침묵하더니 결국 농담이라고 판단했는지, 거짓말이지? 하고 물었다.

"하지만 이건 어디로 보나 요시노 작가님이 쓴 소설처럼 보이는데."

"그러니까 그냥 모방한 거라고요. 작품을 베낀 것뿐이에요. 그게 제 특기거든요."

그렇게 누차 설명했지만, 아와지 씨는 좀처럼 납득하지 못하는 눈치였다.

"잠깐. 뭐야? 진심으로 하는 소리야?"

"편집자님이 보는 눈이 없는 거라고요."

나는 학교에서 교사를 조롱하는 불량 학생 같은 말투로 대꾸했다.

"……소메이, 그런 짓을 하면 뭐가 즐거워?"

"누가 쓴 소설인지가 소설에서 그렇게 중요한가요? 가령 『인간 실격』을 다자이 오사무가 아닌 미시마 유키오가 썼다면 그 사실만으로 무가치해지느냐고요. 작가가 누구이고 어떤 마음으로 썼는지가 소설하고 대체 무슨 상관이 있어요? 『소돔의 120일』처럼 불순한 동기로 쓴 소설이 사람을 구원하는 경우도 있는 판에."

"몰라. 넌 이상해, 소메이."

"그거, 그냥 요시노 이름으로 실으면 되지 않아요?"

"까불지 마."

아와지 씨는 전화를 끊었다.

나는 그런 내 행동들이 그토록 치명적으로 작용할 줄은 전혀 예상하지 못했다.

내심 일주일만 지나면 아무 일 없었다는 듯 다시 요시노와 이야기를 하게 되고, 피차 미묘한 응어리를 품은 채로나마 예전 같은 관계를 이어나가게 되리라고만 여겼다.

그럴 만큼은 현실의 견고함이라는 것을 믿었기 때문이다.

시간이 지나면 이런 사건도 큰 문제가 되지 않을 테고, 요시노는 언젠가 슬럼프에서 벗어나 정력적으로 소설을 써나가겠지. 그러다 결국 내 손이 닿지 않는 저 높은 곳으로 가버리고 말 테지. 그렇게 생각했다.

▷시모가모 헌책 시장, 안 갈래?

2주일쯤 지나 여름 방학도 중반으로 접어든 어느 날. 나는 요시노에게 메일을 보냈다.

바로 그날, 요시노가 죽는 줄도 모르고.

③

7월로 들어서면서 고등학교 기말고사 기간이 시작되자, 교실에는 미묘하게 긴장된 분위기가 흐르기 시작했다.

딱히 인생이 걸린 일도 아니건만, 모두들 진지하기 그지없는 태도로 쉬는 시간에도 참고서를 펼쳐보고는 했다. 대단하다고 생각한다. 나하고는 상관없는 일이지만.

중간고사 때도 그랬지만, 의욕 없는 시험 시간만큼 따분한 것도 없다.

나 말고 다른 아이들은 문제 풀이에 집중해 사각사각 샤프를 놀리느라 바빴다. 조용한 교실에 종이가 흑연을 깎아내는 소음이 마치 현대 음악처럼 울려 퍼졌다.

그럴 때면 저절로 눈앞의 현실과는 상관없는 문제로 생각이 뻗어나가고 만다.

이를테면 살아 있는 의미라든가 고등학교 생활의 시시

함, 인생의 지루함 같은 허무한 생각 속으로 빠져든다.

그러다 한창 시험을 치르던 도중에 문득 깨달았다.

요시노의 메일은 예외 없이 내가 쉬는 시간에만 날아온다.

예컨대 지금처럼 시험 보는 중에는 단 한 번도 받아본
적이 없다.

어째서일까?

불현듯 시험해보고 싶어졌다.

한창 시험을 치고 있을 때 메일을 보내보면 어떨까 하
는 생각이 든 것이다. 그럴 경우 과연 요시노로부터 답장
이 올 것인가.

커닝한다는 의심을 사기라도 하면 곤란하다.

내용은 처음부터 정해두었다.

To: 요시노

　넌 지금 어디 있어?

남은 일은 입력을 마친 메일의 발송 버튼을 누르는 것뿐.

호주머니에 손을 쑤셔 넣고, 그 위치를 살며시 건드렸다.

잠시 기다린다.

휴대폰이 진동하는 소리가 들려왔다.

나는 그 사실이 내심 썩 달갑지 않았다.

정말로 요시노가 평행 세계에 존재하는 쪽을 바랐기 때문이다.

나 역시 요시노와 마찬가지로 현실을 경멸했다.

그야 당연하지 않은가.

이딴 현실, 사랑할 수 있을 리 없으니까.

우리 학교는 기말고사가 끝나고 일주일간 가볍게 수업을 한다.

그래봤자 그 기간에 배우는 내용이 시험에 나오는 것도 아니므로 다들 의욕이 없고, 아무도 수업에 귀 기울이지 않는다. 김빠진 사이다 같은 수업이 이어진다.

한가하다 보니 다들 쓸데없는 쪽으로만 생각이 굴러간다.

그 일주일은 이른바 고백 주간이었다.

우리 학교에서는 그 일주일 동안 이성에게 고백하는 이벤트가 소소하게 유행했다.

일주일간의 수업이 끝나면 짧은 시험 휴일을 거쳐 방학식을 하고, 그 후에는 여름 방학이다. 실질적으로는 시험 휴일부터 이미 여름 방학이 시작되는 것이나 다름없다.

기나긴 여름 방학, 기왕이면 애인을 만들어 신나게 보내고 싶기 마련이다. 그러기 위한 준비 기간으로 삼는 셈이다.

≫나 마시로한테 고백할까 하는데.

후나오카는 그 흐름에 편승해, 마시로에게 고백하겠다고 선언했다.

하든 말든 마음대로 하라고 생각했다.

그 광경을 나는 점심시간에 교실에서 무심하게 바라보고 있었다.

창문 아래, 교정 구석으로 후나오카가 마시로를 불러냈다.

둘이서 뭔가 이야기를 나누는 모습이 보였다.

나는 요시노에게 메일을 보냈다.

마시로가 휴대폰을 꺼내는 모습이 보였다.

아무것도 쓰지 않은 백지 메일이었다.

후나오카가 마시로에게 뭔가 말했다.

이윽고 마시로가 후나오카를 남겨두고 어디론가 걸어가기 시작했다.

구도로 보아 아무래도 차인 모양이라고 생각했다.

"유유자적 구경 모드야?"

그런 내 옆에서 사토가 불쑥 끼어들어 너스레를 떨었다.

"그런 거 아니야."

내 기분은 최악이었다.

점심시간이 끝나고 5교시가 시작되었지만, 마시로는 교

실로 돌아오지 않았다.

　보건실에 간 모양이라고 선생님이 학급 전체를 향해 설명했다.

　수업이 시작되고 얼마 후, 나는 몸이 안 좋다는 핑계를 대고 교실을 빠져나갔다.

　그리고 곧장 보건실로 향했다.

　보건실에 가서 보건 선생님에게 현기증이 난다고 거짓말을 했다. 열을 재자 당연히 정상으로 나왔지만, 입맛이 없어서 아침부터 쫄쫄 굶은 데다 요즘 날이 더워서 밤에 계속 잠을 설쳐요 죽을 것 같아요 하고 적당히 둘러댔더니, 침대에 누워서 쉬라는 허락이 떨어졌다.

　침대는 여섯 개 가운데 하나만 사용 중이었고, 커튼이 쳐져 있었다.

　마시로는 아마 거기 있는 모양이었다.

　나는 그 옆 침대에 누워서 말을 걸었다.

　"마시로, 괜찮아?"

　"소메이?"

　아니나 다를까, 마시로의 목소리가 들려왔다.

　"뭐 하러 왔어?"

　"놀러."

침대가 놓인 방 밖에 있는 보건 선생님에게 들리지 않게, 우리는 목소리를 낮추고 소곤소곤 대화를 나누었다.

"후나오카한테 고백받았지?"

"어떻게 알았어?"

"미리 들었으니까."

내 말에 마시로 쪽에서 깊은 한숨 소리가 들려왔다.

"남자들은 재미 삼아 그런 이야기를 해?"

"여자들도 하잖아."

마시로가 뭔가 말을 꺼내려는 분위기였기에, 나는 잠자코 기다렸다.

"난 모르겠어."

그 목소리는 가늘게 떨렸다.

"다들 평범하게, 당연하다는 듯 남을 좋아하게 되는 그 심리를 모르겠어."

꼭 요시노 같은 소리를 하는구나 싶었다.

베개를 접어 목 밑에 받치고 고개만 살짝 들어 올렸다. 그리고 휴대폰을 꺼내 요시노의 계정에 메일을 보냈다.

▷너 혹시 지금 내 옆에 있어?

바로 옆에서 휴대폰이 진동하는 소리가 났다.

숨을 헉 들이켜는 소리가 들려온 느낌이 들었다.

▷야.

▷어이.

▷이봐.

연속으로 메일을 보냈다. 그때마다 바로 옆에서 휴대폰이 진동하는 소리가 났다.

▶어떻게 알았어?

직접 말해도 되련만, 어째시인지 마시로는 메일로 그렇게 답장을 보내왔다.

"내 휴대폰 찾아줬을 때, 메일을 봤지?"

요시노의 메일은 수업 시간이 아닐 때만 왔다. 그리고 마시로는 수업 시간에 휴대폰을 보지 않는다.

만약 메일을 보내는 사람이 요시노가 아니라면, 달리 누가 가능성이 있을까 생각해보았다.

시험 시간에 메일을 보내서 범인이 우리 반에 있다는 사실은 알아냈다.

그리고 뒤이어 소풍 날, 마시로의 휴대폰에 내 이름이 저장되어 있었던 것을 떠올렸다.

"왜 이런 짓을 했어?"

나는 물었다.

마시로는 한참 동안 내 질문에 대답하지 않았다.

5교시가 끝났음을 알리는 종이 치자, 우리는 보건실을 나섰다.

어두운 보건실 밖은 환했다. 동굴에서 기어 나온 원시인이 된 기분이었다.

"우리 다음 수업, 땡땡이치지 않을래?"

마시로의 제안에 나는 고개를 끄덕였다. 나도 마침 그렇게 말하려던 참이었기 때문이다.

우리는 자판기에서 음료수를 사서 학교 근처의 공원 벤치에 앉았다. 초등학교는 이미 수업이 끝났을 시간인지 아이들이 뛰놀고 있어, 그 목소리가 생생하게 들려왔다. 어느덧 초여름에 접어들어 무성하게 자란 잡초들이 드라이어 바람에 휘날리는 긴 머리카락처럼 나부꼈다.

마시로는 띄엄띄엄 설명을 시작했다.

그 내용은 다음과 같았다.

요시노의 메일은 속칭 캐리어 메일이라 불리는 타입이다. 지메일(Gmail) 같은 무료 메일과는 달리, 휴대폰을 개통할 때 통신사에서 메일 주소를 할당받는다.

캐리어 메일은 통신 계약의 해지와 동시에 사용이 정지된다.

하지만 그 메일 주소는 영원히 동결되는 것이 아니다.

악용 가능성과 메일이 잘못 수신되는 상황을 방지하고자, 일정 기간 동안 사용하지 못하도록 막아두기는 한다.

그러나 일정 기간이 경과하면 설령 타인이라 할지라도 그 메일 주소를 새로 등록해서 사용할 수 있게 된다. 요시노가 이용했던 통신사에서는 180일이라는 제한을 걸어두었다.

그 규정을 알고 있었던 마시로는 요시노와 같은 메일 주소를 신청했다.

그 설명 덕분에 요시노의 메일 주소가 사용되게 된 메커니즘은 이해했다.

다음으로 내가 궁금했던 것은 왜 그런 행동을 했느냐는 점이었다.

$$-i$$

마시로가 요시노 시온을 처음 읽은 것은 중학교 2학년 때였다.

중학교 시절, 마시로는 아무 데도 마음 붙일 곳이 없었다.

마치 병풍 같은 취급이었다.

투명 인간이 된 것 같은 기분이었다.

어디에도 갈 수 없어 괴로웠다.

그러던 어느 날, 서점에서 매대에 층층이 쌓인 책을 보았다.

계기는 사소했다.

중학생 작가, 충격의 데뷔.

요시노 시온.

나랑 동갑인데 전혀 다른 인생을 사는 사람도 있구나. 마시로는 생각했다.

좋겠구나 싶었다.

나는 인생의 밑바닥에 있는데.

이 아이는 틀림없이 절정이겠지.

마시로는 다소 울컥한 심정으로 책을 집어 들었다.

책장을 넘겼다.

마치 자기 이야기가 쓰여 있는 듯했다.

내 심정은 아무도 모른다.

그렇게 생각하며 살아온 자신의 마음이 고스란히 담겨 있는 것만 같았다.

그리고 그 소설은 또 마시로를 먼 곳으로 데려가 주는 느낌이 났다.

책장이 넘어가는 것이 아까울 정도였다. 신기했다.

이런 일도 다 있구나 싶었다.

그 자리에 서서 정신없이 책을 읽었다.

다 읽은 책을 내려놓고 떠나려다, 서점 자동문을 나서려는 순간 불현듯 발걸음이 멎었다.

되돌아가서 그 책을 산 다음, 집으로 돌아왔다.

방으로 들어가서 그 책을 읽고 또 읽었다. 두 번, 세 번. 조금도 빛바래지 않았다. 머릿속에 직접 원색 그림물감을 칠하는 느낌이었다. 시간 감각도 사라지고, 밤을 새워가며 읽었다. 정말 끊임없이 되풀이해서.

마시로는 부끄러워졌다.

여태까지의 자신이.

소심하고 냉담하고, 뭔가 포기해버린 상태였던 자신이.

그날부터 요시노 시온은 마시로의 동경의 대상으로 자리 잡았다.

요시노의 소설을 읽을 때만 나는 살아 있다.

그 시간 이외에는 모조리 거짓된 모습이었다. 감수성을 차단하고, 아무것도 느끼지 못하게끔 자신을 타이른다. 그렇게 해서 견뎌낸다.

"너 같은 애는 이 세상에서 사라지면 좋을 텐데."

누군가가 마시로를 향해 말한다.

마시로 본인도 늘 그렇게 생각해왔다.

이 세상에서 사라져서.

요시노 시온의 소설 속으로 가고 싶었다.

요시노라는 이름만 보아도 항상 가슴이 뛰었다.

그래서 고등학교에 입학해 좌석표에서 요시노라는 이름을 보았을 때도 한순간 희미한 기대를 품었다.

한 소녀가 교실로 들어왔다.

요시노 시온과 같은 머리끈이다. 눈에 들어온 순간, 그 생각이 가장 먼저 떠올랐다. 잡지에서 본 요시노 시온의 머리끈을 마시로는 기억하고 있었다. 왜냐하면 같은 물건을 가지고 싶어서 한동안 잡화점을 뒤지고 다녔을 정도였으니까.

그 머리끈의 주인은 헤어스타일도 요시노 시온과 흡사했다.

그뿐만이 아니다.

얼굴도 어딘지 모르게 요시노 시온과 비슷한 느낌이 들었다.

아니, 아예 판박이였다.

이렇게까지 닮은 사람도 있구나.

소녀의 이름을 학생명부에서 확인했다.

요시노 시온.

설마. 믿을 수 없는 심정이었다.

눈조차 깜빡일 수 없었다.

이런 일이 실제로 일어날 수 있을까.

마치 소설 같다고 생각했다.

굉장하다. 말도 안 되는 기적이 눈앞에서 펼쳐지고 있었다.

마시로는 내내 요시노를 주시했다. 그 분위기가 하도 심상치 않아서, 나중에는 교실이 약간 술렁이기 시작했을 정도였다.

요시노와 눈이 마주쳤다.

요시노 역시 마시로의 반응에 놀란 것 같은 표정이었다.

말조차 걸지 못하고, 마시로는 줄곧 요시노를 응시했다.

신이다.

신이 나와 같은 교실에서 함께 수업을 듣고 있다.

기적이다. 현실은 소설보다 기이하다.

어떡하지?

마시로는 그저 요시노를 바라보기만 했다.

기다렸다. 왜냐하면 먼저 다가가기는 무리였고, 그러다 보면 언젠가 요시노 쪽에서 말을 걸어주리라는 예감이 들었다.

"마시로."

그 순간은 예상보다 빨리 찾아왔다.

"저기, 혹시 내 착각이라면 미안한데……."

"착각이 아니에요."

그 후로는 머뭇거리지 않았다.

자신이 얼마나 요시노 시온을 사랑하는지.

장황하게 이야기하는 마시로에게 요시노는 쑥스러운 표정을 지어 보였다.

"좀 부끄럽네."

아무래도 요시노는 자기 소설에 대한 감상을 듣는 것을 별로 좋아하지 않는 눈치였다. 그래도 함께 있고 싶었다.

그러나 마시로와 요시노의 관계는 비대칭이었다.

소설가와 그 독자.

신과 그 신도.

대등한 친구라고는 할 수 없었다.

막상 요시노와 친해져 보니, 그 작품 세계만큼 모난 사람은 아니었다. 오히려 너무 평범하다 싶을 정도로 일반적인 감성의 소유자였다. 대화도 표면상으로는 무난하게 들렸고, 교실에서 크게 겉도는 인상은 없었다.

이따금 소설 이야기를 해주었다.

마시로는 요시노의 소설을 좋아하니까.

그 단편적이고 두서없는, 요시노의 소설에 관한 이야기를 듣는 것이 좋았다.

영원토록 듣고 있고 싶었다.

고등학교에 들어와서 요시노는 어느 동아리에도 가입하지 않았다. 듣자 하니 예전에는 중학교 부실에서 소설을 쓴 모양이었다. 하지만 고등학생이 된 후로는 소설을 쓸 마땅한 장소를 찾지 못해 애를 먹었다.

결국 요시노는 늘 집에서 소설을 썼다. 그러면서 학교 수입에도 꼬박꼬박 출석하지 않는 날이 늘어났다. 그것을 요시노는 자체 휴강이라고 불렀다.

요시노가 없는 교실에서 마시로는 지루함을 느꼈다.

그래서 마시로는 어느 날 자기도 학교를 빠지고, 요시노의 집으로 놀러 갔다.

별채를 쓴다고 들었다. 가서 보니 정말 본채로 추정되는 큰 집 바로 옆에 작은 집이 또 한 채 자리하고 있었다. 고상한 분위기의 흰색 건물이었다. 문을 노크했다. 들어오라는 대답 소리가 들려왔다.

실내는 깔끔하게 정돈된 상태였다. 처음 와보는 요시노의 방에 마시로는 완전히 압도당했다. 높다란 천장까지 책이 즐비하게 꽂혀 있었다. 방 가운데에는 책상과 의자가 있었고, 요시노는 그곳에서 노트북 화면을 들여다보며 소설을 쓰는 중이었다.

"굉장하다."

"편한 데 앉아."

요시노는 그렇게 말했지만, 그 방에는 앉을 곳이 없었다. 우두커니 선 채 마시로는 요시노가 소설 쓰는 모습을 지켜보았다. 그것이 마시로가 처음 본 소설을 쓰는 요시노의 모습이었다.

그날은 요시노의 집중력이 금방 바닥났다.

"나 때문에 방해돼?"

마시로는 약간 긴장한 채, 미안한 마음을 담아 요시노에게 물었다. "천만에." 요시노는 크게 신경 쓰지 않는 기색으로 고개를 들고 마시로를 보았다.

그 후에는 둘이서 잡담을 나누었다.

요시노에게 방해가 된 것 같아 마시로는 죄책감을 느꼈다. 이제 안 가는 편이 좋을지도 몰라. 걸어서 집으로 돌아오는 길에 마시로는 그렇게 생각했지만, 뜻밖에도 며칠 후 요시노 쪽에서 먼저 다시 놀러 와줬으면 좋겠다, 가능하면 스벅 같은 곳에서 뭔가 프라푸치노라도 사다 주면 좋겠다는 말을 꺼냈다.

그리고 기묘한 일이 일어났다.

"부탁이 있어."

요시노의 방에는 어느새 의자가 하나 더 놓여 있었다.

요시노는 마시로를 그곳에 앉혔다. 정확히 요시노의 정면에 해당하는 위치였다.

"그냥 계속 거기 있어줘. 아무것도 하지 말고."

처음에는 농담인 줄로만 알았다. 하지만 요시노의 진지하기 그지없는 표정에 압도당해, 결국 마시로는 순순히 시키는 대로 했다.

그러자 요시노는 마시로를 지그시 노려보듯 끊임없이 날카로운 시선을 던지며, 소설을 쓰기 시작했다.

마치 화가가 모델을 관찰하며 그림을 그리듯.

그 태도가 어찌나 진지한지, 마시로도 덩달아 긴장되기 시작했다.

요시노가 어떤 글을 쓰는 중인지 마시로에게 가르쳐주는 일은 없었다.

마시로 역시 아무것도 묻지 않고 그저 가만히 앉아만 있었다.

그런 날이 일주일에 몇 번인가 있었다.

학교가 쉬는 날이나 가끔 요시노가 수업을 빼먹을 때면, 마시로는 항상 요시노의 방에 가서 그 자리를 지키고는 했다.

요시노에게 힘이 될 수만 있다면 뭐든 하겠다고 마시로는 생각했다.

그리하여 그렇게 기묘한 나날들을 마시로는 요시노와 함께 쌓아나갔다.

"언젠가 만약 내가 죽으면……."

요시노는 불쑥 그렇게 말문을 열었다. 소설 쓰기에서 벽에 부딪친 탓인지, 그 무렵 요시노는 잡담을 할 때도 죽음이라는 말을 쓰는 일이 잦았다.

"안 죽어."

"노트북을 남에게 보여주고 싶지 않아."

요시노는 그렇게 말했지만, 마시로는 보고 싶다고 생각했다.

그때 마침 마시로를 좋아한다는 남학생이 나타났다.

그저 오로지 생김새가 반반하다는 이유만으로 고백하는 사람들도 있다.

마시로는 그 남학생과 사귀어보기로 했다.

당시 연애 소설을 쓰고 있던 요시노에게 참고가 되었으면 하는 마음에서였다.

데이트를 거듭해보았다.

그때마다 전혀 좋아하지 않는다는 사실을 재확인하는 기분이었다.

요시노가 죽기 얼마 전, 방학식 전날. 오후 수업을 땡땡이치고 둘이 함께 학교 밖으로 나갔다. 요시노가 불쑥 제안했기 때문이다. "우리 수업 째고 어디 놀러 가자." 마시로에게는 요시노의 요청을 거절한다는 발상 자체가 없었다. 하자는 대로 고분고분 수업을 빼먹었다.

베라31에서 아이스크림을 사 들고, 카모 강변에 둘이 나란히 앉아 먹었다. 카모강에는 둔치에 커플들이 동일한 간격으로 쭉 앉아서 데이트를 하는 기묘한 문화가 있었다. 그 광경을 바라보며 요시노는 우울한 기색으로 중얼거렸다.

"소설 쓰는 거, 그만둘까?"

그래도 된다고 말해주었어야 했을까. 아마 그럴 것이다. 하지만 마시로는 정반대로 대답했다. 그 까닭은 아마도 마시로가 진정한 의미에서는 요시노의 친구가 아니었기 때문이리라.

"안 돼, 난 싫어."

살아 있는 의미가 없다고 생각했다. 요시노 시온의 소설을 읽지 못한다면 살아 있어봤자 아무 소용없다.

"해본 소리야."

요시노는 웃으며 할짝 아이스크림을 먹었다. 그리고 한 입만 달라면서 마시로의 아이스크림을 훔쳐 가려 했다. 어린아이 같다고 생각하며 마시로는 요시노에게 아이스크림을 내주었다. 마시로는 요시노에게라면 무엇이든 바칠 수 있다고 생각했다.

편의점에서 술을 사서 함께 마시며 걸었다.

키야마치 뒷골목을 지나가는데, 뭔가 조금 무섭게 생긴 남자 둘이 말을 걸어왔다. 피어스와 목걸이를 하고 있었다. 대학생 정도로 보였지만, 대학에 다니는지조차 불분명했다.

"우리 어디 놀러 가자."

자세한 작업 멘트는 기억나지 않지만, 대충 그런 말을 했던 것 같다.

요시노는 섬뜩할 만큼 어두운 표정을 짓더니, 뒤이어 그 감정의 명암이 반전된 것처럼 갑자기 얼굴이 확 밝아져서는 "어디로 데려가 줄 건데?" 하고 부르짖듯 큰 소리로 물었다. "그만해." 마시로는 요시노의 소매를 잡아끌고 큰길까지 데리고 나왔다. 마시로의 손도, 요시노의 손도 희미하게 떨렸다.

그 후에는 거의 아무런 말도 하지 않고, 둘이서 곧장 한큐 전철을 타고 집으로 돌아갔다.

방학식인 이튿날, 요시노는 학교에 나오지 않았다.

걱정은 되었지만, 어색한 마음에 메일도 전화도 할 수 없었다.

그래도 설마 죽다니. 그럴 줄은 몰랐다.

요시노가 죽고 나서, 마시로는 학교에 가지 못하게 되었다.

모두가 물어온다. 요시노에 대해서. 아무 말도 하고 싶지 않았다.

사귀던 남학생도 걱정하는 눈치였지만, 더 이상 그 관계를 지속해야 할 이유가 마시로에게는 없었다.

요시노가 죽은 후, 마시로의 뇌리에 떠오른 것은 그 노트북의 존재였다.

그 안에는 요시노가 죽기 직전까지 써온 소설이 남아 있을 게 틀림없다고 생각했다.

마시로는 밤중에 몰래 요시노의 집으로 향했다. 그것은 소심한 마시로치고는 굉장히 대담한 행동이었다.

문은 잠겨 있었다. 잠시 절망했지만, 바깥으로 빙 돌아가 보았다. 창문은 잠겨 있지 않았다. 마시로는 그리로 기어 올라가, 방으로 들어갔다.

요시노의 노트북은 아직 그곳에 있었다.

마치 아직 요시노가 살아 있어서 뒷이야기를 써주기를 노트북 자신이 간절히 기다리고 있는 것처럼.

노트북을 챙겨 들고, 마시로는 현관을 통해 요시노의 집을 나섰다.

나는 해서는 안 될 일을 하고 있다. 죄책감이 들기는 했지만, 그것이 마시로의 행동을 막지는 못했다.

노트북을 그곳에 놓아두면 언젠가 누군가에게 발견되고 만다. 요시노는 그런 상황을 바라지 않았으리라는 생각이 들었다.

집에 돌아왔을 때, 마시로는 원래 요시노가 이야기한 것처럼 그 노트북을 어딘가에 내다 버릴 작정이었다. 어디다 버리든 우선 데이터를 삭제하는 편이 나으리라.

전원을 켰다.

소메이 군에게

그렇게 적힌 파일이 가장 먼저 눈에 들어왔다.

누굴까. 가슴이 술렁거렸다.

마시로는 모르는 이름이었다.

군이라는 호칭으로 보아 남자다.

연인이라도 있었던 걸까? 설마.

그 파일을 열었다.

그냥 읽기만 해서는 무슨 뜻인지 알 수 없었다.

다만 요시노에게는 아무래도 마시로 말고도 친한 사람이 있었던 모양이다. 그 점은 이해했다.

일단 그 글을 보고 나자, 더는 멈출 수가 없었다.

노트북 안에는 요시노가 쓰다 만 소설, 그리고 일기로

보이는 글이 저장되어 있었다.

그 안에는 요시노가 소메이라는 소년과 함께 보낸 나날들이 상세하게 기록되어 있었다.

학교에 가지 않게 되면서, 마시로는 한동안 계속 집에 누워서 시간을 보냈다.

그동안 내내 요시노의 노트북을 읽고 또 읽었다. 그 내용을 달달 외우고도 남을 만큼 마르고 닳도록 꼼꼼하게 읽었다.

보건실 등교를 하면서 가까스로 진급하기는 했지만, 결국 학교는 그만두게 되었다.

그만두었다고 해서 달리 뭔가 할 일이 있는 것도 아니다.

그래서 마시로는 전화를 걸어보았다.

소메이에게.

소메이도 소설을 썼던 모양이었다.

본인보다도 그 애가 쓰는 소설 쪽에 흥미가 있었다.

"소설, 쓰고 있나요?"

"아뇨."

한 대 확 패주고 싶었다.

전학 수속을 밟던 부모님이 어느 학교로 가고 싶으냐고 물었을 때, 마시로는 소메이가 다니는 학교의 이름을 댔다.

소메이라는 소년이 어떤 존재인지 알고 싶어, 마시로는 이 학교로 전학 왔다.

하지만 어찌 된 영문인지 소메이는 요시노를 모른다고 시치미를 뗐다.

어느 날 잃어버린 휴대폰을 찾으러 다니던 소메이와 딱 마주쳤다.

그 휴대폰을 먼저 발견한 마시로는 잠금 화면에 메일이 전송되지 않았음을 알리는 자동 회신 메시지가 떠 있는 것을 보았다.

그 메일 주소가 눈에 익었다.

요시노가 쓰던 메일이었다.

슬라이드 해서 메일 내역을 살펴보았다.

소메이가 무슨 이유에서인지 죽은 요시노에게 계속 메일을 보내고 있다는 것을 깨달았다.

그 사실을 알았을 때, 마시로는 요시노의 메일을 취득하기로 마음먹었다.

180일이 지나면 제삼자가 메일 주소를 재사용할 수 있다. 그 규정을 마시로는 예전부터 알고 있었다.

과거에도 요시노의 메일을 써볼까 생각했던 적이 있기 때문이다.

아무런 관계도, 연고도 없는 사람이 먼 훗날 요시노의

메일을 쓰게 된다고 생각하면 참을 수 없었다.

그래서 주소록에 남아 있는 요시노의 메일 주소를 바라보며, 그 아이디어를 실행에 옮겨볼까 숱하게 고민하고는 했다.

소메이와 요시노에 관한 이야기를 나눌 계기가 됐으면 좋겠다는 마음으로, 마시로는 그 메일 주소를 등록했다.

그러나 막상 메일을 보내려 한 순간, 마시로의 마음속에 불쑥 장난기 같은 감정이 싹텄다.

요시노인 척해보자고 마시로는 생각했다. 그것은 차갑게 구는 소메이에 대한 일종의 복수이기도 했다.

계속 메일을 주고받는 사이, 마시로는 점차 진실을 밝히기가 껄끄러워졌다.

게다가. 요시노로 가장해 메일을 주고받다 보면, 마치 정말로 요시노가 어딘가에 살아 있는 것 같은 기묘한 감각에 휩싸이고는 했다. 그래서 마시로는 메일을 보내는 것을 그만두지 못했다.

④

신기한 이야기였다.

나는 마시로에게 그 노트북을 실제로 보여달라고 했다.

우리는 함께 마시로의 집으로 향했다.

마시로의 집에서 노트북을 펼쳤다.

이 노트북이 있었기에, 마시로는 내 메일에 요시노처럼 답장을 보낼 수 있었던 것이다.

전원을 켠다.

부팅된 컴퓨터 바탕화면 중앙에 텍스트 파일이 저장되어 있었다.

파일명을 본 순간, 가슴이 철렁했다.

소메이 군에게

그렇게 쓰여 있었다.

파일을 열었다.

이 파일을 맨 처음 보는 사람이 부디 소메이 군이기를.

사람은 언제 죽을지 모릅니다.

다행인지 불행인지, 소설가가 된 저는 사후에 제 글이 어떤 식으로 공개될지에 관해 세심한 주의를 기울여야만 하는 입장입니다.

제 바람은 명확합니다.

미완성 원고 따위 죽어도 보여주고 싶지 않아.

일기나 그 밖의 메모 종류도 전부.

그러니 소메이 군, 이 메시지를 보거든 생전의 저와 했던 약속대로 신속하게 노트북을 바다에 수장시켜주세요.

사실은 이 메시지 자체를 보지 않는 편이 바람직하겠지만. 따라서 이것은 경고. 폴더를 열어보지 말 것.

당신이 막스 브로트 같은 배신자가 아니기를 바라며.

안녕히.

왜 굳이 이런 텍스트 파일을 남겨놓은 것인가 생각했다.

그렇게 요시노가 남긴 글을 보아도, 내 결심은 흔들리지 않았다.

주저 없이 폴더를 열었다.

요시노가 평범한 여자아이였더라면. 소설가가 아니었더라면. 결코 이런 짓은 하지 않았으리라.

하지만 나는 요시노가 남긴 글을 읽고 싶어서 참을 수가 없었다.

요시노는 오히려 이 폴더를 열어보아 주기를 바랐던 게 아닐까? 그렇게 내심 이기적인 변명을 해보기도 했다.

어쩐지 머릿속을 들여다보는 것 같은 느낌이 들었다. 살짝 양심이 켕겼다.

소설

일기

이쪽 폴더에 문서가 들어 있을 듯한 느낌이 들었다.

소설이라는 이름의 폴더를 열었다.

안에는 대량의 텍스트 파일이 담겨 있었다.

무심코 육성으로 신음할 뻔했다.

날짜순으로 정렬해보았다.

파일 사이즈는 제각각으로, 분량이 많지 않아 보이는 파일도 있었다. 조금 쓰다가 그만두어 버린 것이리라.

가장 최근 파일은 요시노가 죽은 날짜에 멈추어 있었다. 죽은 날에도 소설을 썼던 것이다.

『이 세상에 사랑(愛, 아이)을 담아서』

제목에는 그렇게 쓰여 있었다.

웅? 이 제목은 뭐지? 의아한 마음이 들었다.

왜냐하면 어디로 보나 요시노답지 않았기 때문이다. 꼭 무슨 팝송 같았다. 요시노는 더 **삐딱한** 제목을 선호하는 타입이었다.

사랑이라니, 요시노가 가장 증오했던 것 아닌가.

나는 망설였다. 이 소설을 읽음으로써 요시노에게 실망해버리는 게 아닐까. 그게 두려웠다.

이것이 요시노가 생전에 썼던 마지막 작품이다. 아마도 요시노가 쓰는 데 애를 먹었고, 그런 까닭에 죽은 작품이리라.

하지만 설령 실망한다 할지라도 어쩔 수 없는 일이다.

클릭했다. 파일을 열었다.

그것은 기묘한 소설이었다.

「소메이」라는 이름의 남자와 「마시로」라는 이름의 여자
가 나왔다.

나와 마시로를 모델로 한 캐릭터였다.

그 두 사람을 주인공으로 소설은 전개되어간다.

그곳에 「요시노」라는 이름의 소설가가 등장한다.

그것은 어디로 보나 요시노가 본인을 둘러싼 현실을 모
티브로 삼아 쓴 소설이었다.

내가 등장한 순간, 갑자기 의식이 현실로 돌아왔다. 아
마 내 얼굴은 빨갛게 달아올랐으리라. 이것은 요시노의
소설 중에서도 그 작품 색이 확연히 다른 소설이었다. 현
실의 인물, 즉 나를 모델로 하고 있었다.

그 요시노가 내 이야기를 썼다. 그렇게 생각하니, 그 소
설을 계속 읽기가 무서웠다.

그래도 용기를 긁어모아, 다시 읽어 내려갔다.

폴더를 살펴보니, 그 소설에는 몇 가지 버전이 존재한
다는 사실을 알 수 있었다.

초고, 제2고…… 그렇게 쭉 이어져 제13고까지 있었다. 그 말은 곧 요시노가 그 소설을 열세 번이나 고쳐 썼다는 뜻이었다.

시험 삼아 초고와 최신 원고를 비교해보았다.

원고에는 수정한 흔적이 남아 있었다.

방대한 양의 문서였다. 같은 소설을 몇 번이고 다듬고 또 다듬은 결과물이었다.

그것을 나는 하나하나 읽어 내려갔다.

요시노가 묘사한 내 모습은 솔직히 말해서 조금도 멋지지 않았다. 심지어 어딘가 우스꽝스럽기까지 했다. 소설가를 지망하는 같은 반 학생. 하지만 다소 어중간한 상태로 정체되어 있다.

그런 소메이라는 남자와 늘 함께 있는 「요시노」. 그 모습이 소설 속에서 그려져간다.

이윽고 그들은 고등학생이 되어, 각자 다른 학교에 다니게 된다.

요시노는 마시로와 같은 반이 된다.

마시로가 요시노와 만나게 된 경위도 빠짐없이 쓰여 있었다.

내가 되어, 마시로가 되어, 요시노는 써 내려간다.

그리고 요시노를 통해, 소메이와 마시로는 서로를 알게

된다.

두 사람은 사랑에 빠진다.

뭐야 이게. 나는 생각했다.

*

정체가 들통난 다음부터 마시로는 메일 속에서만 유난히 살갑게 굴었다.

▶만약 간식을 먹는다면 포키로 해야 하느냐, 프리츠로 해야 하느냐. 그것이 문제로다. BY 마시로스피어.

▶기말고사 공부 하나도 안 해서 아무것도 못 썼어. 모르는 것에는 침묵해야만 한다. 하지만 만약 유급하면 어떻게 해야 하지? BY 마시로트겐슈타인.

메일 내용은 갈수록 유치해져갔다.

▷고등학생이 유급이라니, 꽤나 막나가는 인생이라 흥미진진한걸? 그대로 열등생의 길로 돌진하도록 해.

▶소메이, 점심 같이 먹자.

▷그러든가.

메일은 이런 식이지만, 막상 만나면 퉁명스러운 얼굴로 한마디도 하지 않았다. 매점에서 산 빵을 식당 테이블에서 둘이 함께 먹었다. 아무래도 7월에 야외 벤치는 너무 덥다.

"뭔가 말 좀 해."

네가 불러냈으면서 뭐 하는 거야? 나는 어처구니없는 심정으로 한마디 했다.

"으음……."

그러자 마시로는 진지한 얼굴로 눈앞의 감귤 데니시를 응시하며 한동안 꼼짝도 하지 않았다. 대체 뭐 하자는 거냐고 생각했다.

결국 우리의 공통 화제는 요시노 이야기뿐이었다.

"요시노는 결국 무슨 생각을 했던 걸까?"

"난들 알겠냐."

그걸 알면 이 고생 안 하지. 그렇게 생각했다.

"여름 방학 때 뭔가 스케줄 있어?"

"전혀 없는데."

여름 방학에 스케줄이 잡힐 만한 인생을 살아오지 않았다.

하지만 그러고 보면 내년 이맘때는 대학 입시를 앞두고 공부하느라 나름대로 바쁠지도 모른다. 어쩌면 고등학교 2학년인 올해가 내 인생에서 가장 한가한 여름 방학이 될 수도 있었다.

▷ 요시노 말이야, 좋아하는 사람 없었을까?

그날 밤 집에 돌아온 후, 마시로가 그런 메일을 보내왔다. 잠시 생각한 끝에 나는 답장했다.

▶요시노는 아무도 사랑하지 못한다는 것 때문에 고민했어.
　아마 가족조차도.

방학식을 며칠 앞둔 일요일. 일정이라고는 아무것도 없어, 나는 방에서 혼자 남아도는 시간을 주체하지 못하고 있었다.

아무것도 할 일이 없다.

이럴 때면 여태까지는 요시노의 계정으로 간간이 메일을 보내고는 했었다.

메일 창을 띄웠다.

▷한가해?

잠시 망설이다가 발송 버튼을 눌렀다.

▶한가해!

재깍 답장이 날아왔다. 상상해보았다. 이렇게 번개처럼 답장을 보내오다니, 어쩌면 마시로도 나처럼 특별한 이유 없이 휴대폰을 손에 들고, 그저 멍하니 쳐다만 보고 있었는지도 모른다.

▷그림, 마저 그릴래?

사실 우리는 1학기의 그 그림을 아직 끝마치지 못한 상태였다. 선생님에게 빨리 완성하라는 재촉을 들었다.

▶아, 그렇지. 어떡할까?

그래서 둘이 같이 학교에 갔다.

미술실 한쪽에 미완성인 우리의 그림이 놓여 있었다.

거의 침묵 속에서 마주 보고 앉아 그림을 그렸다.

"우리 말이야."

"응."

"실제로 얼굴을 맞대고 대화할 때보다, 메일로 이야기할 때가 더 편한 느낌이 들어."

그 지적대로 마시로와 얼굴을 마주할 때면 아직도 미묘한 긴장감이 흐르고는 했다. 그 정체가 무엇인지는 모른다. 어쩌면 처음에 느꼈던 거북함이 완전히 가시지 않은 탓인지도 몰랐다.

집중력이 떨어졌는지 아니면 화장실에 가려는지, 마시로가 말없이 미술실에서 나갔다. 모델 없이 작업을 계속할 수도 없는 노릇이라, 나도 잠깐만 쉴까 하고 의자에서 몸을 일으켰을 때 휴대폰이 진동했다.

▶소메이, 코털 삐져나왔어.

부랴부랴 휴대폰 전면 카메라를 거울 삼아 확인하려 했다.

"속았지?"

문밖에서 마시로가 고개만 쏙 내밀어 나를 보며 말했다.

"야······."

울컥해서 마시로가 그리다 만 내 초상화 앞에 섰다.

그림은 상당히 완성에 근접한 느낌이었다. 음울한 표정을 한 남고생의 얼굴이 눈에 들어왔다. 내가 보기에도 재수 없어 보였다. 뭔가 나 같으면 별로 친구로 삼고 싶지 않을 것 같은 타입이었다. 마시로가 그린 초상화 속의 내 코에 연필로 코털을 덧그렸다. 그리는 김에 그 코털을 입안으로 집어넣어 우물우물 먹게 만들었다. 그림 속의 내가 단숨에 얼간이로 돌변했다.

"앗, 뭐 하는······."

마시로가 당황한 기색으로 나를 밀어냈다. "아아, 망했어." "그냥 위에 그림물감을 덧칠하면 되잖아." 미술실은 1층이라 교실이 안뜰과 붙어 있었다. 나는 문을 열고 밖으로 나갔다. "어디 가? 소메이. 아직 덜 그렸잖아." 마시로가 뒤따라왔다.

"여름 방학이란 한가하구나."

그런 생각을 해보는 것 자체가 처음이었는지도 모른다. 지금까지 나는 한가한 쪽을 오히려 더 선호하는 경향이 있었다. 혼자 보내는 시간이 누군가와 함께 하는 시간보다도 훨씬 귀중하게 느껴졌기 때문이다.

그렇지만 올해는 달랐다. 이유는 알 수 없었다.

"있잖아, 소메이. 난 네가 더 멋진 남자애일 줄 알았어."

"그게 무슨 소리야?"

쓴웃음만 흘러나와, 마시로 쪽을 돌아볼 마음도 나지 않았다.

"왜냐하면 그 요시노가 유일하게 친하게 지냈던 사람이 니까."

"그냥 우연이야."

우리 사이에는 결국 그것밖에 존재하지 않았다. 현실이 준비한 무의미한 우연. 어쩌다 보니 같은 동네에 살았고 그래서 같은 중학교에 다녔고, 같은 문예부였을 뿐이다. 딱히 내게 뭔가 특별한 구석은 없었다. 그저 그 옆에서 살 아가고 있었을 뿐.

"네 상상 속의 소메이는 더 키가 크고 다리도 길고 머릿 결도 좋고, 소탈하고 남자다운 멋진 녀석이었어?"

"꼭 그런 건 아니지만."

애초에 상상을 이길 수 있는 사람은 없는 법이다.

"소메이, 이제 소설 안 써?"

"응."

"그럼 앞으로 어떡할 거야?"

"어떡하고 자시고 할 것도 없어."

아무것도 생각하지 않고 아무것도 느끼지 않고, 거창한

일이라고는 아무것도 하지 않고 살아가고 싶었다.

"후회하지 않겠어?"

"그렇게 말해봤자, 후회란 어차피 뒤늦게 찾아오는 법이잖아."

훗날 후회하게 될지 아닐지, 지금 어떻게 알 수 있단 말인가.

"난 말이야, 아무것도 없으니까."

깜짝 놀라 돌아보았다. 자신에 대해 그런 식으로 말하는 마시로의 표정이 신경 쓰였다.

"내 인생은 시시할 테니까. 나도 알거든."

"그렇지 않아."

"빈말은 하지 마."

마시로의 얼굴에서 표정이 사라졌다.

"내 인생은 진짜 시시해. 앞날이 뻔히 보여. 어디서 뭘 하든 다 부질없어. 나도 알아. 최선을 다할 수 없는 인생이야. 알아? 그런 사람도 있다는 거."

그렇게 자학적인 대사를 마시로는 애써 밝은 목소리로 내뱉었다.

"하지만 소메이 넌 하고 싶은 일이 있는데, 소설을 쓰고 싶은데, 읽어본 적이 없으니 재능이 있는지 없는지 난 잘 모르지만, 아무튼 소설을 쓰고 싶으면서 이도 저도 아닌 소리만 주절주절 늘어놓고, 맨날 핑계만 대고. 그냥 무서울 뿐이잖아. 겁먹었을 뿐. 하여튼 바보라니까. 단순히 졸작을 쓰는 게 무서울 뿐이면서."

"야."

뭔가 항변하려는 나를 마시로가 가로막았다.

"내 몫까지 최선을 다해줘."

목소리가 떨렸다.

유심히 살폈다.

눈에 눈물이 고인 것이 보였다.

"최선을 다해."

마시로는 미술실 앞 화단 가장자리에 올라섰다. 나보다 한층 눈높이가 높아졌다. 여름의 희끄무레한 햇살이 시야의 색감을 평소보다 흐리게 했다. 위에서 내려다보듯 마시로는 나를 바라보았다.

마시로는 투명할 만큼 흰 팔을 쓱 들어 올려, 가장 긴 손가락을 내게 향했다.

"난 소메이 네게 소설을 쓰라고 말하러 왔어."

나는 그저 어안이 벙벙할 따름이었다.

"그러려고 이 학교에 왔습니다."

억지 쓰지 말라고 쏘아붙이고 싶었다. 하지만 당시의 마시로에게는 기묘한 박력이 있어, 나는 결국 아무런 대꾸도 하지 못했다.

"그러니까, 소설을 써."

화단에서 뛰어내려 위태로운 발놀림으로 착지한 마시로가 이쪽으로 다가왔다. 그리고는 살짝 눈치를 보듯, 그러면서도 어딘가 노려보듯 나를 응시했다.

"……뭘 써야 좋을지 모르겠는걸."

나는 그렇게 대답하고 눈길을 피했다.

"그야 뻔하잖아."

험악한 목소리였다.

"당연히 연애 소설이지."

설마 진심으로 하는 소리야?

나는 어이가 없었다.

제 *i* 장

With all my love in this world

방학식이 끝난 후, 마시로와 함께 학교 근처 카페에 갔다.

"작전 회의야."

마시로는 그렇게 선언했다.

"소메이, 네 슬럼프 탈출 대작전."

마시로의 열의에 눌려 나는 아무런 대꾸도 하지 못했다.

"있잖아, 나 이것저것 알아봤는데."

불길한 예감만이 밀려들었다.

"슬럼프에서 탈출하려면 말이야, 그냥 아무것도 생각하지 말고, 일단 뭐든지 떠오르는 것부터 써보는 게 좋대."

"아, 그래……?"

그런 식으로 소설이 써지면 누가 고생하겠냐. 그렇게 생각하며 적당히 흘려 넘겼다. 그러자 마시로는 원고용지와 펜을 테이블에 올려놓았다.

"지금 당장 써봐."

"저기, 나 소설은 컴퓨터로 쓰는 스타일이거든?"

"일단은 이거면 되잖아. 뭐든 상관없으니까, 시험 삼아 내 앞에서 머릿속에 떠오르는 걸 한 번 써봐."

나는 친절머리를 내며 펜을 집어 들었다. 준비해준 펜

은 무려 몽블랑 만년필이었다. 어쩌면 마시로는 꽤 유복한 가정에서 자랐는지도 모르겠다.

죽은 눈으로 끼적끼적 무성의하게 글을 써서 마시로에게 보여주었다. 마시로는 눈을 반짝이며 원고지를 집어 들더니, 소리 내어 읽기 시작했다.

"으음…… 나는 살인마다. 지금 눈앞에 있는 여자를 죽이고 싶다. 어떻게 죽일까? 기왕이면 화끈한 게 좋겠지. 그래, 다이너마이트로 폭사시키자…… 이게 뭐야?"

"지금의 솔직한 심정."

마시로는 화난 기색으로 원고지를 반으로 쫙 찢었다. 두꺼운 전화번호부를 찢어발기는 프로레슬러 같았다.

"좀 진지해져 봐!"

"못 쓰는 건 못 쓰는 거야."

나는 울컥해서 쏘아붙였다.

"뭣보다 여자 친구도 없거니와 연애 경험도 없고 심지어 연애 소설조차 거의 읽어본 적이 없는, 연애에는 눈곱만큼도 관심이 없는 연애 낙제생인 내가 연애 소설을 어떻게 쓰느냐고!"

"그야 당연히 망상이지! 연애 소설 작가란 대개 현실에서는 인기 꽝이라 결혼도 못 하고 평생 혼자 살면서, 보상 행위처럼 이상적인 연애 이야기만 죽어라고 써재끼는 인간인 게 뻔하잖아!"

"억측으로 막말하지 마!"

전 세계의 연애 소설가에게 무릎 꿇고 사죄하라고!

"애초에 너무 거창하게 생각하는 게 문제야. 구태여 엄청나게 파란만장한 사랑 이야기를 쓸 필요는 없잖아? 꼭거대한 운명의 흐름에 휘말려 생이별하는 연인 이야기가 아니어도 괜찮아. 그보다는 좀 더 뭐랄까, 소소하지만 그대신 리얼리티가 느껴지는……."

"그게 제일 어렵다고! 하여튼 뭘 모른다니까. 거창한 연애 소설은 선례가 있으니 차라리 낫지. 섬세한 인간의 심리 묘사라든가, 알기 쉬운 드라마가 없는 현대 배경의 연애 소설이 훨씬 쓰기 힘들어. 마땅히 참고할 만한 작품도 없고."

그렇게 설명하다 문득 깨달았다. 요시노가 어째서 그토록 궁지에 몰렸는가. 연애 경험이 없는 사람이 현실적인 연애 소설을 쓰기란 극도로 어려운 일인지도 모른다.

"요시노가 쓰다 만 소설 말이야."

마시로는 요시노의 소설을 출력해서 이 자리에 가지고 나왔다. 소설이란 그저 정보에 불과하건만, 인쇄되어 종이 뭉치로 변한 그것에서는 묵직한 실물의 중량감이 느껴졌다.

나는 그 소설을 읽어보았다.

미완성으로 남은 무수한 조각들.

남녀 고등학생이 여름 방학에 함께 이런저런 일들을 한다. 그러는 사이에 감정이 깊어져 간다. 그 과정을 담아낸 글이었다.

"이거, 같이 해보자 않을래? 그러면 뭔가 알게 될지도 모르니까."

"그래서야 요시노하고 다를 게 없잖아."

나는 의자에서 일어섰다. 그런다고 요시노가 소설을 쓸 수 있게 되었던 것도 아니다. 어차피 시간 낭비라고 생각했다.

"가지 마."

찻값만 놔두고 테이블을 뒤로했다. 이제 여름 방학이다. 내일부터는 교실에서 억지로 마시로와 얼굴을 마주할 필요도 없다. 깨끗이 벗어날 수 있다고 생각했다.

"나도 도울 테니까."

등 뒤에서 마시로의 목소리가 들려왔다.

"뭐든지 할게."

못 들은 척하며, 나는 가게를 나섰다.

여름 방학. 아무것도 할 일이 없다. 혼자 어두컴컴한 방을 지킨다.

　에어컨이 고장 났다.

한여름에 에어컨이 고장 나면 어떻게 되는가. 방은 소박한 지옥으로 변한다.

　전원을 켜도 실외기가 작동하지 않는다. 미적지근한 바람만 뿜어내는 선풍기로 둔갑했다.

　나는 민소매 티에 반바지라는, 벌거숭이 대장[#9] 뺨치는 몰골로 그 미적지근한 바람을 쐬고 있었다. 언 발에 오줌 누기. 새 에어컨이 오려면 앞으로 2주는 더 기다려야 한다.

　휴대폰이 진동했다.

　▶저는 오늘 타카세강에 반딧불을 보러 갈 생각입니다. 소메이 군이 올 때까지 기다리겠습니다. 오지 않으면 노숙입니다.

　타카세강이란 상당히 외진 곳에 있는 관광 명소다. 교토 시내에서 반딧불을 구경할 수 있는 가능성이 있는 장소는 몇 군데 안 되는데, 그중 한 곳이었다.

　현재 시각은 오후 세 시. 하지만 방 안은 아직 더웠다. 이 정도면 차라리 바깥이 더 시원하지 않을까 하는 생각이 들기 시작했다.

#9 벌거숭이 대장 일본의 화가 야마시타 키요시의 별명. 그의 일대기를 영상화한 드라마와 영화 캐릭터는 러닝셔츠에 반바지 차림으로 전국을 방랑하는 것으로 유명함.

견디다 못해 방에서 나왔다. 더는 그 안에서 버틸 수가
없었다.

샤워를 하고 옷을 갈아입은 다음, 수돗물을 한 잔 따라
마셨다. 티셔츠와 올리브색 치노 팬츠. 나는 조용히 집을
나섰다.

전화벨이 울렸다.

"이미 출발했어?"

마시로의 목소리였다.

"그래."

나는 신물 나는 기분으로 대꾸했다.

버스를 갈아타고 타카세강으로 향했다. 목적지 버스 정
류장 앞에서 보기로 했는데, 버스에서 내려 주위를 둘러
보아도 마시로의 모습은 눈에 띄지 않았다.

"오느라 고생했어."

마시로의 목소리가 들려와 돌아보았다.

평소보다 조금 편한 옷차림을 한 마시로가 보였다.

"오늘 덥지?"

"난 땀이 별로 안 나는 체질이라서 괜찮아."

잘 보니 확실히 마시로는 나보다 멀쩡한 얼굴을 하고
있었다.

"이제 곧 밤이기도 하고."

"너무 일찍 온 거 아냐?"

밤이 되어도 타카세강에 반딧불이 나타날 기미는 없었다.

"오늘은 없나 본데."

얼른 돌아가자는 의도를 담아 나는 말했다.

"역시 현실은 글러먹었구나."

마시로는 시큰둥하게 중얼거리며 길바닥의 돌멩이를 찼다.

그 후 우리는 타카세강 어귀를 걸었다.

"그나저나 사람들은 왜 반딧불을 보고 싶어 하는 걸까?"

"연인과 함께 반딧불을 보면 왠지 좋은 일이 일어날 것 같은 기분이 드는 거 아냐?"

내가 그냥 적당히 대꾸하자, 마시로는 왠지 쓸데없이 납득한 표정을 지었다.

"맞아. 보이지 않는 포인트 카드가 여기 어디쯤 떠 있어서, 포인트가 차곡차곡 쌓여가는 게 분명해."

"쌓이고 나면 어떻게 되는데?"

"결혼하는 게 아닐까?"

"결혼한 다음에는?"

"포인트를 써나가는 거지. 우리 아빠 엄마가 그런 느낌이거든."

"하긴 우리 집도 그런가."

우리 부모님 사이에 아직까지 연애 감정이 존재하는 것처럼 보이지는 않으니까. 나는 그렇게 생각했다.

"저건 뭐야? 저 빛."

마시로가 가리키는 방향에는 불빛 하나가 오도카니 떠 있었다. 반딧불인지도 모른다.

"난 안 보이는데."

"거짓말."

"도깨비불 아냐?"

마시로는 쪼그려 앉아 반딧불을 뚫어지게 응시했다.

"그럭저럭 예쁜데?"

그 모습을 가만히 바라보다가, 문득 요시노가 여기 있었더라면 무언가 재미난 말 한마디쯤은 해주었을지도 모른다는 생각이 들었다. 틀림없이 시니컬하고 재치 있는 발언을 해서 우리를 웃겨주었을 테지.

"자, 소메이. 얼른 저 반딧불에서 인생의 무상함을 느껴보도록 해."

"어렵네."

우리는 칠흑처럼 어두운 강가를 거닐었다.

"소메이, 나 요시노가 죽은 다음부터 소설이 잘 안 읽혀."

"나도 마찬가지야."

마시로의 얼굴은 잘 보이지 않았다. 그래서 그 표정이 어떤지는 알 수 없었다.

"하지만 소설 없이 오로지 현실뿐인 지금은 숨이 막혀서, 이대로 질식사할 것 같아."

그 순간, 마시로의 마음이 나와 살짝 공명을 일으킨 듯한 느낌이 들었다.

"소메이, 나 재미있는 소설이 보고 싶어."

"그러게."

길 앞에는 불빛이 없어, 아무것도 보이지 않았다.

한밤의 카모강.

카모강 삼각주 근처에는 고양이 무덤이 있다.

횡단보도에서 차에 치인 고양이를 요시노가 데려다가 묻어주었다는 그 무덤을 우리는 열심히 찾아 헤맸다.

요시노는 가끔 그곳에 가서 땅을 도로 파헤치고, 고양이 사체를 바라보는 취미가 있었던 모양이다.

그것을 보면 죽음으로 다가갈 수 있을 것 같은 기분이 들었다.

"못 찾겠어."

밤이라서 그런지, 요시노의 일기에 나오는 그 무덤은 좀처럼 눈에 띄지 않았다.

"네 잎 클로버를 찾는 기분이야."

바람이 풀숲을 흔들어, 이따금 그 풀잎이 뺨을 스쳤다.

"기왕 찾을 거면 네 잎 클로버를 찾고 싶은걸."

"그럼 행운이 찾아올까?"

마시로가 희미하게 웃으며 말했다. 행운이 찾아오다니 무슨 소리냐고 생각했다.

"소메이."

한 시간가량 수색한 끝에 마시로가 나를 불렀다. 그리고 말없이 자기 발밑을 내려다보았다. 그곳에 난 풀을 헤치자, 요시노의 일기에 묘사된 돌멩이를 쌓아 올려 만든 기묘한 무덤이 눈에 들어왔다. 난쟁이가 만든 스톤헨지 같은 무덤이었다.

"기분이 이상해."

사방은 쥐죽은 듯 고요했다. 아까 전까지만 해도 멀리서 한 번씩 들려오고는 했던 주정뱅이 대학생의 새된 고함도 지금은 귀에 들어오지 않았다.

요시노의 미발표 소설의 재현.

요시노가 쓰던 글과 똑같은 행동을 한다.

마시로는 강물을 내려다보고 있었다. 나는 살짝 몸을 돌려 마시로와 마주 보고 섰다. 카모강 수면을 등지는 자세였다.

나는 그대로 백 텀블링을 해서 물속으로 뛰어들었다.

마시로의 눈이 놀라움으로 휘둥그레졌다.

나는 어쩐지 우쭐해졌다.

시야가 공전한다. 여름 불꽃 축제의 폭죽처럼 성대한 물보라가 피어올랐다.

"소메이, 뭔가 흥분한 것 같아."

"그야 미친 짓을 하는데 차분하면 그게 더 무섭잖아."

진지한 표정으로 수면에 발을 내디디며, 옷 하나 안 벗고 쭈뼛쭈뼛 물속으로 들어오는 게 더 웃기다. 그렇게 생각했을 때, 마시로가 정확히 그런 짓을 하려고 했기에 나는 소리쳤다. "뛰어내려!"

마시로가 운동 신경이라고는 없어 보이는 어설픈 도움닫기를 해서 물속으로 풍덩 뛰어들었다.

그리고 첨벙첨벙 개헤엄을 치듯 팔을 휘저었다.

"발이 안 닿아."

그럴 리가. 닿을 텐데. 그렇게 생각하며 진정시키려고 마시로의 어깨를 붙잡았다. 발이 닿자, 마시로는 안심한 표정을 지었다.

"왠지 좀 신난다."

마시로도 차츰 이 상황을 즐기기 시작한 눈치였다.

"이왕 이렇게 된 거, 우리 헤엄치자."

그렇게 말하며 마시로가 물속으로 들어갔다. 방금 물에 빠질 뻔했던 사람과 동일인물이라는 사실이 믿기 힘들 지경이었다.

"소메야, 어 물 말이야."

보는 사람은 아무도 없었다.

어둠에 잠긴 카모강에 둘만 있으니, 기묘한 느낌이 들었다. 무의식이 물속으로 녹아드는 것 같은 기묘한 감각.

"바다로 이어질까?"

"그야 그렇겠지. 강이니까."

느릿한 움직임으로 마시로는 헤엄쳤다. 배영이었다. 나는 마시로가 물장구치는 모습을 그저 묵묵히 지켜보았다.

"마시로."

"왜?"

강바닥에 발을 딛고 멈추어 선 마시로가 나를 돌아보았다. 젖은 옷에 신경 쓰는 기색조차 없이 웃는 얼굴로 나를 보았다.

조금 망가진 것 같은 그 미소가 나는 싫지 않았다.

"마시로, 넌 슬퍼?"

"응."

"난 말이야, 내가 조금 안도했다는 사실을 깨달았어. 요시노가 죽어서. 왜냐하면 옆에서 보고 있으면 항상 불안했거든. 조마조마했어. 언젠가 요시노가 좌절해서 죽는 게 아닐까 하고 늘 겁이 났어. 그런 감정에서 해방되어서, 내 마음이 편해졌다는 사실을 깨달았어."

내 고백을 마시로는 그저 잠자코 듣기만 했다.

"쓰레기 같다고 생각하지 않아?"

내 말에 마시로는 블라우스 소매를 가볍게 짰다. 물 튀는 소리가 났다.

"소메이, 넌 만약……."

어두운 강물에 무언가의 빛이 반사되었다. 무슨 빛일까. 고개를 들어 주위를 살폈다. 하지만 아무것도 발견하지 못했다.

"요시노가 소설을 쓰지 않았더라면, 요시노랑 친해질 수 있었을 것 같아?"

"그럴 리 없지."

요시노와 나의 접점이라고는 오로지 그것뿐이었다.

결국 우리는 30분쯤 물속에 머물렀다. 한동안 헤엄치고 이야기를 나누다가, 슬슬 진짜 감기에 걸릴 것 같아 강가로 올라왔다.

"이제 어쩔 거야?"

"……전혀 생각 안 해봤는데."

황당하게도 우리는 갈아입을 옷 한 벌 챙겨오지 않은 상태였다. 그래서 쫄딱 젖은 채 어찌할 바를 모르는 꼴이 되고 말았다.

"최악이야!"

마시로는 기분이 상한 눈치였지만, 그래 봐야 어찌할 도리가 없었다.

이윽고 기분이 풀렸는지, 마시로가 후후후 우후후 웃기 시작했다. 어딘가 으스스한 웃음소리라고 생각했다.

물방울이 우리의 옷을 타고 흘러내려, 아스팔트에 똑똑 점을 찍었다.

"추워."

마시로가 약간 절망적인 목소리로 불평했다.

소설에는 이런 이야기까지는 나오지 않았다.

나오지 않았지만 여벌 옷을 챙겨왔을지도 모르고, 아니면 우리처럼 물에 빠진 생쥐 꼴로 집에 돌아갔을지도 모른다.

쓰여 있지 않은 내용은 알 수 없었다.

하지만 우리는 사실 그렇게 쓰여 있지 않은 행간을 읽어내려고 이런 짓을 하는지도 몰랐다.

21

또 다른 날, 우리는 약간의 위험을 무릅쓰기로 했다.

교토 키타 구에는 센조쿠 고개라는 가파른 언덕이 있다. 어마어마하게 경사가 급한 언덕이다.

깊은 밤, 우리는 자전거를 끌고 그 언덕에 올랐다.

"진짜 하려고?"

마시로가 긴장한 기색으로 물었다.

"괜찮아."

괜찮은지 아닌지는 모른다. 정말로 괜찮다는 자신은 없었다.

"왜냐하면 소설에서는 안 죽었으니까."

아무런 근거도 되지 못하는 이유를 들어 나는 마시로를 안심시켰다.

언덕 꼭대기에 다다라 심호흡을 하고, 각오를 다졌다.

그리고 자전거 핸들을 언덕 아래쪽으로 돌렸다.

언덕 밑에는 찻길이 있어, 이 시간대에도 많지는 않지만 차가 다닌다.

여기서 자전거를 몰고 내려가면 어마어마한 속도로 찻길을 가로지르게 된다. 그때 만약 차가 오고 있으면 쾅 하고 충돌하고 만다.

제i장 227

"무서우면 마시로 넌 안 해도 돼."

"나도 할 거야."

마시로도 결심을 굳혔는지, 그렇게 대답하고 자전거 뒤에 올라탔다.

"꽉 잡아."

마시로가 내 허리를 꼭 끌어안았다.

"간다."

아스팔트를 박찬다.

뒤이어 힘차게 페달을 밟았다.

자전거가 단숨에 가속했다.

무시무시한 속도로 자전거는 낙하하다시피 비탈길을 질주했다.

"맙소사. 죽어, 죽고 말 거야!"

마시로가 살짝 패닉에 빠진 기색으로 소리쳤다.

가로수가 눈 깜짝할 사이에 멀어져간다. 시간의 흐름이 느껴진다.

차가 올지 안 올지는 도박이었다. 지면 죽는다.

찻길이 눈앞으로 다가온다.

"죽기 싫어!"

마시로가 솔직한 심정을 토로했다.

우리가 탄 자전거는 점점 더 빨라졌다.

더 속도를 내고 싶어, 나는 있는 힘껏 페달을 밟았다.

"안 돼, 하지 마!"

"할 거야."

찻길로 들어선다.

차가 올까. 오면 끝장이다.

그대로 우리는 전속력으로 길을 건넜다.

"성공이야!"

나는 안도하며 외쳤다.

뒤에서 나를 붙잡은 마시로의 손이 가늘게 떨렸다.

"팝콘 살래?"

"됐어. 돈도 없고."

교토 시 외곽의 미나미 회관이라는 영화관에서 멜로 영화 밤샘 상영을 한다기에 둘이서 보러 갔다. 고등학생 티가 나지 않도록, 대학생 정도로 보이게끔 복장에도 힘을 주었다. 여름인데도 재킷을 껴입었더니 더웠다.

"밤샘 상영, 와보고 싶었는데 혼자서는 좀. 왠지 무서워서."

"그래?"

나도 소설 속에서 등장인물들이 밤샘 상영을 보는 장면은 여러 번 접했지만, 실제로 와보기는 처음이었다.

그럴 때 소설 속 등장인물은 대개 삶에서 벽에 부딪친

경우가 많았다. 연인과 헤어졌다거나, 직장을 그만두었다거나. 그럴 때 밤샘 상영을 보러 온다는 이미지랄까. 사실 나나 마시로나 어쩐지 정신적으로 한계에 부딪친 상태였으므로, 그런 면에서는 안성맞춤이었는지도 몰랐다.

키스 신에서 몇 줄 앞 좌석의 커플로 짐작되는 이들이 입을 맞추는 모습이 보였다.

"그런 식으로 분위기가 고조되기도 하는구나."

마시로도 그 모습을 보았는지, 중간 휴식 시간에 상영관 바깥 소파에 앉아 있을 때 그런 말을 꺼냈다. 둘이서 아이스커피를 사서 마셨다. 카페인을 섭취하지 않으면 잠들어버릴 것 같았다.

"밤샘 상영도 주제가 다양하구나."

마시로가 영화관 전단을 훑어보며 말했다.

"무성 영화 올나잇도 있어."

"꿀잠자기 딱이겠는데."

"그러게."

무성 영화가 아닌데도 마시로는 잤다.

"요시노."

마시로가 나직하게 잠꼬대하는 소리가 들렸다.

"소설을 읽고 싶어."

나는 혼자 하염없이 멜로 영화를 감상했다. 세뇌당할

것 같다고 생각했고, 차라리 세뇌당해버렸으면 좋겠다고
도 생각했다.

집으로 돌아와서 요시노의 노트북을 펼쳐놓고, 요시노
가 쓰다 만 소설을 몇 번이고 거듭해서 읽었다.

요시노는 무엇을 쓰려고 했는가.

어쩐지 그 답을 알 것 같은 기분이 들었지만, 때로는 무
척 어렵게 느껴지기도 했다. 몇 번을 읽어도 그 인상은 변
하지 않았다.

마시로와 함께 공공 도서관을 찾았다. 연애 소설을 읽
고 참고로 삼기 위해서였다.

하지만 내가 착실하게 연애 소설을 물색하는 사이, 마
시로는 왠지 우주론 코너를 서성거리기 시작했다.

"뭐해?"

그 모습을 보고 어이없는 심정으로 물었다.

"굉장해, 소메이. 우주의 신비야."

"아, 그래?"

나도 연애 소설을 읽는 데 싫증이 나서 마시로 쪽으로
다가갔다. 연애보다는 우주에 관한 내용 쪽이 그나마 조
금 더 관심이 갔기 때문이다.

"우주가 탄생했을 때는 허수의 시간이 흘렀대."

"그건 또 무슨 소리야?"

또 허수다. 나는 꽤 오래전에 사토와 나누었던 두서없는 잡담의 내용을 떠올렸다.

"그러니까 우리가 지금 살아가는 시간은 셀 수 있는 실시간이고, 그것과는 별개의 허시간이란 개념이 존재한대. 그리고 세상이 처음 시작됐을 때는 그 허시간이 흘렀다고, 이 책에 나와."

"뭔가 장대한 이야기네."

우리는 그 책을 함께 서가에 서서 읽었다.

허수의 시간에는 시작도 끝도 없고, 과거와 미래의 구분조차도 없다고 했다.

그 이론에 따르면, 그런 허시간으로부터 어느 순간 파생되어 생겨난 세상이 지금 우리가 사는 이 우주라고 한다.

허수라는 상상의 수로 표현하는 시간.

"태초뿐만 아니라 우리가 지금 사는 세상에도 실제로 허시간이 흘러서, 그 속에서 살아갈 수 있으면 좋을 텐데."

"왜?"

"그럼 죽은 요시노도 만나러 갈 수 있을 것 같지 않아?"

마시로의 대답에 역시 뭔가 장대한 이야기구나 싶었다. 우리는 일방통행으로 흐르는 현실의 시간을 살아간다.

더 자유로운 시간을 살아갈 수 있다면, 이렇게 죽은 사람 문제로 고민하거나 괴로워하는 일도 없어질지 모른다. 잠시 그런 부질없는 생각을 해보았다.

마시로와 함께 하는 지옥 순례 같은 연애 수행도 슬슬 절정에 이르렀다.

같이 기온 축제에 가기로 했다. 에어컨은 여전히 돌아가지 않았다. 대체 언제 고쳐지나 싶어 신물이 났다.

"사람 많다."

나는 좋아하는 밴드의 티셔츠에 청바지 차림이었지만, 마시로는 유카타를 입고 왔다. 어딘가 비싸 보이는 유카타인데도 걸음걸이가 당당한 것으로 보아, 역시 마시로네 집은 부자가 맞는 모양이구나 싶었다.

"나 기온 축제는 처음 와봐."

나는 옛날에 가족들과 구경 온 적이 있었다. 하지만 중학교 이후로는 와본 기억이 없다. 그럴 시간이 있으면 요시노와 소설을 썼던 것 같다.

좀처럼 믿기 힘든 인파와 열기였다. 피로가 확 밀려왔지만, 기죽어 있을 상황이 아니었다.

전화도 잘 안 터지고, 실수로 상대방을 잃어버리기라도 하는 날에는 다시 만나기 어려울 것 같았다.

그러다 보니 누가 먼저랄 것 없이 자연스럽게 손을 잡는 분위기로 흘러갔다.

"남자랑 손잡는 것도 처음이야."

돌아보니 마시로의 얼굴이 약간 발그스름했다.

"어때? 방금 그 대사, 로맨틱했어?"

"글쎄."

노점이 줄줄이 늘어선 경내를 돌아보다가, 뭔가 사 먹기로 했다.

"초코 바나나?"

"오징어 센베."

"사과 사탕?"

"양배추 부침."

결국 타코야키로 합의를 보았다.

"형씨, 여자 친구가 미인이네."

머리를 박박 깎은 점원이 타코야키를 건네주며 내게 말을 걸어왔다.

"아, 여자 친구 아닌데요."

"거참 매정하네."

타코야키를 사서 적당한 곳에 앉아서 먹었다. 마시로는 뜨거운 것을 잘 못 먹는지, 자꾸 후후 입김을 불었다.

"아까 그 사람, 왜 매정하다고 한 거야?"

아리송한 표정으로 마시로가 물었다.

"그냥 추측이지만⋯⋯."

나는 천천히 생각하며 대답했다.

"네가 날 좋아하고, 그걸 이용해서 육체관계는 맺으면서도 정식으로 사귀지는 않는 사이처럼 보였는지도 몰라."

"그건 또 뭐야? 참 다양한 패턴이 있구나."

마시로는 앗 뜨거, 하고 불평해가며 타코야키를 우물우물 느릿하게 씹어 삼켰다. "소메이, 나 생각해봤는데." 먹으면서 약간 몽롱한 표정으로 밤하늘을 올려다보았다.

"먼 훗날, 마더 컴퓨터가 커플을 매칭해주면 좋을 것 같지 않아? 각종 파라미터로 판단해서 최적의 상대를 찾는 식으로. 그럼 소외되는 사람도 없어질 거 아냐? 왜냐하면 지금의 연애는 누군가를 선택하는 행위고, 그 말은 곧 누군가를 선택하지 않는다는 뜻이기도 하니까, 그러다 보면 선택받지 못하는 사람도 생기니까 괴롭잖아. 그러니까 그쪽 문제를 전부 인공 지능에게 위임하면 어떨까 싶은데, 어떻게 생각해?"

마시로는 따발총처럼 단숨에 말하고는 물을 마셨다.

"하지만 파라미터는 변동하는 법이고, 즉 인간은 변하기 마련이고, 한때는 최적이었던 상대가 더는 최적이 아니게 될 가능성도 있잖아."

"그러면 헤어지라는 판결을 내려주는 거지. 우리는 그 결정에 따르고."

"납득할 수 있어?"

"아니."

마시로는 타코야키를 하나 꺼내서 불쑥 내 입 앞으로 들이밀었다. "뭐야?" "그거 있잖아." "그거라니?" "아~ 해봐 같은 거." "음." 하는 수 없이 입에 넣었다.

"만일 연애를 해도 좋아했던 마음은 언젠가 식어버리고, 그럼에도 그 사랑의 잔재를 더듬으며 계속 함께 있는 걸까?"

"그것도 괴롭지 싶은데."

"그렇게 되면 차라리 헤어지는 거랑 어느 쪽이 더 괴로울까?"

"모르겠어. 연애 경험이 없으니까."

하긴 그래. 마시로는 그렇게 맞장구를 치고 몸을 일으켰다. 그리고는 활짝 편 손을 내게 내밀었다.

"뭐해?"

"손."

"이제 안 잡아도 될 것 같은데."

야사카 신사까지 오는 길은 사람들로 북새통을 이루었지만, 경내로 들어오고 나니 그 정도로 혼잡하지는 않았다.

"······그래야 더 연애 놀이하는 느낌이 나잖아."

나는 말없이 마시로를 쳐다보았다. "뭘 봐?" 우리는 다시 손을 잡고 인파 속을 걸었다.

"말해두는데, 그냥 놀이일 뿐이야."

"알아."

주위를 돌아다니는 사람이 서서히 줄어들었다.

"와, 저것 봐. 귀엽다."

별것 아니었다. 그냥 금붕어 잡기였다.

쪼그려 앉아 함께 금붕어를 잡았다. 마시로는 의외로 손재간이 좋아, 뜰채로 잇달아 금붕어를 건져 올렸다. 가지고 가시겠느냐고 노점 사람이 물었다. 마시로는 잠시 고민하는 기색이더니, "죽어버리니까 됐어요." 단념하고 금붕어를 도로 풀어주었다.

"축제는 매년 하니까 싫어."

"무슨 말인지 잘 모르겠는데."

"내년 이맘때가 되면 틀림없이 오늘 일이 떠오를 테니까."

"그 논리를 적용하면 여름 방학도 싫어하겠네."

"싫어해."

마시로가 무엇을 떠올리는지, 굳이 물어보지 않아도 알 수 있었다.

나도 매년 떠올리기 때문이다.

"뭔가 이상한 느낌이야."

뒤이어 들른 물풍선 건지기에서 딴 물풍선을 달랑달랑 흔들며, 마시로가 말했다.

"얼마 전까지만 해도 생판 남이었는데."

"그럼 지금은 어떤 관계인데?"

마시로는 으음 신음하며 생각해보는 기색이었지만, 결국 대답하지 않았다.

"여름 방학이 끝나고 2학기가 시작되면 이 관계는 종료 돼. 그러니까 소메이, 그때까지 소설을 써."

그런 말에 과연 무슨 의미가 있는지는 알 수 없었지만, 나는 딱히 긍정도 부정도 하지 않고 어정쩡하게 흘려 넘 겼다.

"기간을 한정하는 편이 명확하게 선을 긋고 연인 행세 를 할 수 있을 것 같거든."

"그런 거 안 해도 돼."

"나한테 반해도 괜찮아."

"웃기지 마."

"그럼 호되게 차줄 테니까. 뭣보다 실연이라도 당해보 는 편이 근사한 연애 소설을 쓸 수 있을 것 같지 않아? 단 테나 괴테도 그랬잖아."

갑자기 기분이 확 가라앉았다.

내게는 흔히 있는 일이었다.

"소설, 쓰기 싫어."

"소메이."

마시로가 내 한쪽 어깨에 손을 얹었다.

"냉정하게 생각해. 소메이, 너 공부 잘해?"

"그럭저럭 못해."

"나도 다 알아. 착실하게 공부하는 타입과는 거리가 멀고, 중간고사 성적도 거의 꼴찌나 다름없었지? 성실해 보이는 인상인데, 실제로는 정반대잖아."

"맞아."

"운동도 못하지? 동아리 활동도 전혀 안 하고."

"응."

"친구도 적고, 그렇다고 말주변이 뛰어난 것도 아니고. 성격도 굳이 말하자면 밥맛이잖아?"

가차 없이 혹평이 이어졌다.

"소설을 쓰지 않는 소메이, 넌 좋게 말해서 단순한 쓰레기야."

"단순한 쓰레기여도 상관없어. 게다가 소설을 써봤자 어차피 쓰레기는 쓰레기잖아."

경내에 있는 사람 전원을 가리키며 마시로는 말했다.

"여기 있는 사람 모두의 입이 떡 벌어지게 만들어봐."

"기껏 소설 따위로 세상이 달라질 리 없어."

"난 달라졌어."

마시로는 어두운 느낌으로 웃으며 나를 보았다.

"요시노의 소설로, 내 세계는 달라졌어."

"⋯⋯응."

"소메이, 너도 아마 달라졌을 거야."

무엇이 달라졌을까. 내 인생이 정말로 요시노의 소설에
영향을 받았을까. 모르겠다.

"그만 갈까?"

그 미묘하게 껄끄러운 분위기를 견디기 힘들었는지, 잠
시 후 마시로가 먼저 말을 꺼냈다.

우리는 역까지 걸어가서 지하철을 타고 집으로 향했다.

▶우리 집, 별장이 있거든.

환승역인 카라스마 오이케역에서 헤어지고 나서, 메일
이 왔다.

▶평소에는 가족들하고 놀러 가는데.

별장이라니. 역시 마시로는 부잣집 딸이 맞구나 생각했다.

▶같이 가지 않을래?

▷그래.

요즘 들어 마시로와 붙어 다니는 시간이 늘어난 탓에
다른 사람과 함께 있는 데 익숙해지고 말았다. 누군가와 함께 있는 것은 홀로 고독에 빠져드는 것보다 편한 일이었다.

3i

마시로네 별장은 아라시야마에 있었다.

요즘 세상에 별장을 소유한 시점에서 부자라는 사실은 의심할 나위가 없지만, 교토에 살면서 교토에 별장을 두다니 어떻게 된 걸까? 의아한 마음이 들어 물어보자, 마시로네 가족은 여기저기 별장을 갖고 있다고 했다. 이즈와 카루이자와에도 있어서, 다른 식구들은 카루이자와에 갔는데 마시로만 아라시야마에 가겠다고 고집을 피운 모양이었다.

"물론 동성 친구와 같이 간다고 했지만."

트램을 탄 지 30분도 못 되어 아라시야마에 도착했다. 여기서부터는 택시를 타고 가야 한다고 했다.

"근처에 아무것도 없으니까."

음식점도 없는 눈치여서, 편의점에 들러 식료품을 잔뜩 사 가기로 했다.

2박 3일 일정으로 왔기에, 그동안의 끼니를 몽땅 편의점에서 해결하려면 제법 많은 양을 사들여야 했다.

"왠지 신난다."

마시로가 먹거리를 장바구니에 잇달아 던져 넣으며 말했다.

"애초에 난 편의점에서 장바구니를 써보는 것 자체가 처음이야."

"진짜? 난 비교적 자주 쓰는데."

푸딩, 복숭아 젤리, 초콜릿, 감자칩.

"과자의 비중이 너무 높은 거 아냐?"

"사람을 행복하게 해주는 마법의 음식이거든."

뭔가 이해하기 힘든 이유를 대며 마시로는 간식거리를 채워나갔다. 나는 도시락과 칼로리 바, 컵 야키소바를 몇 개 집어서 내 바구니에 던져 넣었다. 바구니 두 개를 한꺼번에 계산했다. 봉지에 담아줄 때도 점원 셋이 동시에 달라붙어 끙끙대는 바람에, 어쩐지 면목 없는 심정이 되었다.

"와, 8천 엔이라니. 나 이렇게 긴 계산서는 처음 봐."

편의점에서 나와 택시를 잡아타고 별장으로 향했다. 산 위에 있는지, 택시는 굽이굽이 커브를 돌며 산길을 올라갔다.

"손님, 어려 보이시는데. 고등학생인가요?"

사복 차림이었지만, 확실히 이 나이에 택시를 장시간 이용하는 사람은 그리 많지 않으리라.

"저희들, 사랑의 도피 중이거든요."

마시로가 농담을 했다. 운전사는 가볍게 웃으며 그렇군요, 하고 싹싹하게 대답했다.

"인생에서 도망쳐왔어요."

그 대화에 참여할 마음도 나지 않아, 눈을 감았다.

둘이 함께 묵직한 비닐봉지를 챙겨 들고 택시에서 내렸다.

마시로네 별장은 상당히 오래되어 보였다. 통나무집 풍의 가옥이었다.

마시로가 자물쇠를 따고 안으로 들어갔다. 불을 켜기 전이라, 당연히 실내는 어두컴컴했다.

"먼저 청소부터 해야겠지?"

내 눈에는 깨끗해 보였지만, 마시로의 말에 따르기로 했다.

"영화를 보면 이런 산장에는 꼭 좀비가 습격해 오던데."

걸레를 빨아와 절에서 수행하는 승려 같은 자세로 바닥을 닦았다.

그러다 문득 청소할 마음이 사라져, 나는 눈을 홱 까뒤집었다. 그리고 흐느적거리며 마시로 쪽으로 다가갔다.

"뭐 하는 거야? 좀비 흉내? 소메이 너도 의외로 바보 같은 구석이 있구나."

그 지적에는 약간 상처 입었지만, 물러설 타이밍을 놓치는 바람에 그대로 마시로에게 달려들었다.

"앗, 잠깐! 싫어, 저리 가!"

별안간 마시로의 얼굴이 공포로 일그러지더니, 목소리도 비명처럼 변했다.

"거참 겁도 많네."

좀비에서 인간으로 돌아온 내가 핀잔을 주자, "그게 아냐." 마시로가 말했다.

"거미. 엄청 커. 소메이, 네 뒤에."

"아, 그래? 그럼 난 가서 현관을 청소하고 올게."

"기다려."

마시로가 내 폴로셔츠 자락을 붙들었다.

황급히 뿌리치려 하자, 마시로는 뭔가 눈치챈 표정이 되었다.

"소메이, 혹시 거미 무서워해?"

"딱히, 그렇지는……."

"못 말려. 믿을 수가 없어. 남자면서."

"남녀평등 사회의 실현을 추구하거든. 남자다움을 강요당하지 않는 사회가 내 이상이야."

"자."

어디서 나왔는지, 마치 마법처럼 마시로가 둥그렇게 만

신문지를 꺼내서 내게 건네주었다.

고개를 들자, 눈앞에 거대한 거미가 있었다. 손바닥보다 컸다.

나는 각오를 다졌다.

그런 각종 사건 사고를 겪으며 두 시간쯤 걸려 대강 청소를 마친 후, 완전히 녹초가 되어버린 우리는 잠시 쉬기로 했다. 에어컨을 아낌없이 팍팍 틀었다. 살펴보니 비교적 새것이었다.

"재작년에 고장 나서 새로 샀거든."

역시 에어컨이란 툭하면 망가지는 물건인가 보다. 구형 에어컨이 아니라서 다행이었다. 만약 그랬으면 언제 고장 날지 몰라 매일같이 가슴 졸이며 지내야 했으리라. 그것은 꽤나 끔찍한 경험이었다.

"근데 너희 집 부자구나. 부모님은 뭐 하셔?"

"대대로 의사 집안?"

"그럼 마시로, 너도?"

"난 됐어. 어차피 인생 내팽개쳤는걸."

대답하며 마시로는 손끝으로 초콜릿 포장지를 콩알처럼 작고 단단하게 말았다. 그리고 그것을 쓰레기통을 향해 엄지와 검지로 탁 튀겼지만, 실패해서 가장자리에 맞고 떨어져 바닥을 굴렀다. 그것을 주워서 도로 쓰레기통에 넣었다.

"나중에 뭐가 될 건데?"

"몰라, 그런 거. 당장 살아가는 것조차 버거운걸."

냉장고는 커다랬고, 낡았지만 플러그를 꽂자 정상적으로 돌아갔다. 몇 시간 전부터 켜두었던 냉장고 속에 손을 넣어보았다. "시원해졌네." 사 온 음료수를 채워 넣었다. 냉동실의 얼음판도 씻어서 물을 붓고 다시 안에 집어넣었다.

"그나저나 이런 산골짝에 와봤자 별로 할 것도 없네."

실제로 스마트폰으로 지도를 살펴봐도 주위에는 아무것도 없었다. 정말 편의점도 없고, 음식점도 없었다. 또 별로 중요한 문제는 아니지만, 배터리 잔량이 3퍼센트였다.

"아, 맞다. 창고에 뭔가 있었던 것 같아."

마시로는 집에서 가져온 비치 샌들로 갈아 신고 밖으로 나갔다.

"충전기 있어?"

"배낭 속에! 열어봐도 돼!"

열어보니 대량의 알약이 들어 있는 봉지가 눈에 띄었다. 요시노가 먹던 약과 같은 종류였다. 못 본 척하고 충전기를 꺼내 콘센트에 끼웠다.

"골라봐."

돌아보니 마시로가 서 있었다.

그 손에는 탁구채와 배드민턴 채가 각각 들려 있었다.

"좀 신나는데?"

셔틀콕이 하늘을 날았다. 고개를 들자 나뭇잎이 살랑살랑 나부꼈다.

"소메이, 넌 어때?"

"그냥 그래."

마시로는 배드민턴을 잘 치는지, 내가 아무리 세게 쳐도 번번이 정확하게 되받아쳤다.

별장은 산 위에 있어서 비교적 선선했다.

"있잖아, 소메이 네가 소설가가 돼서, 성공하거든……."

"무리야."

"그렇게 되면 날 비서로 채용해줘. 매일 차 끓여줄 테니까."

"소설가란 직업, 설령 된다 해도 사람을 쓸 만큼 많이는 못 벌어."

따로 하는 일이 있으면서 겸업으로 소설을 쓰는 사람도 수두룩한 업계다.

"쩨쩨한 소리 하지 마. 꿈은 크게 가져야지. 화끈하게 인세 생활!"

"딱히 돈 벌려고 소설을 쓰는 게 아니니까."

"그럼 소메이, 넌 뭘 위해서 소설을 쓰는데?"

하늘하늘 춤추며 날아오른 셔틀콕이 이윽고 이쪽을 향해 떨어져 내린다. 그 짧은 순간, 나는 진지하게 생각해보았다.

"내가 아닌 누군가를 위해서야."

그런 대답이 거침없이 입 밖으로 흘러나왔다.

소설은 머릿속에 있을 때가 가장 아름답다고 생각한다.

그것을 말로 바꾸고 긴 소설로 만들면 만들수록, 쓰는 사이에 신물이 나기 마련이다. 어째서 이토록 생각했던 것과 다른 소설이 나오는가. 자신의 무능함에 자괴감을 느껴, 이내 다 때려치우고 싶어진다.

그럼에도 소설을 쓰는 까닭은 아마도 그런 내 안에 있는 무언가를 나 아닌 누군가에게 전하고 싶기 때문인지도 모른다.

"마시로를 위해서."

힘차게 셔틀콕을 때린다. 일직선으로 날아간다. 곧바로 마시로가 받아친다. 그것을 한 번 더 되받아친다.

"요시노를 위해서."

자신을 향해 날아온 셔틀콕을 마시로는 왼손으로 잡았다.

"써줘, 소설."

"……응."

배드민턴을 치고 나서 우리는 근처를 산책했다. 아라시야마의 산속을 함께 걸었다. 인적은 없고 사방은 고요하고, 이윽고 하늘도 어둑어둑해져 상대방의 모습 말고는 아무것도 보이지 않게 되어갔다.

"그러고 보면 소설에는 자주 숲으로 들어가는 장면이 나오지 않아?"

마시로가 불현듯 무언가를 떠올린 듯 입을 열었다.

"그건 무의식을 상징하는 거야, 마시로."

"무의식?"

"요컨대 평소 우리 머릿속에 존재하는 의식 말고, 뭔가 정체를 알 수 없는 것이 무의식이라는 부분 속에 봉인되어 있는 셈이지."

산 공기를 마시며 둘이서 담담하게 흙길을 걸었다.

"무의식 속에는 뭐가 숨어 있는데?"

"평상시에는 억압되어 있는 것들."

"예를 들면?"

"정말 둘도 없이 소중한 사람이 실패하거나, 죽기를 바라는 마음 같은 것."

"또?"

"그런 마음을 품는 나 자신 따위, 죽어버렸으면 좋겠다는 생각이라든가."

"또?"

"성욕이라든가?"

"그런 감정, 필요 없다는 생각은 안 들어?"

잠시 생각한 끝에 나는 대답했다.

"하지만 그런 악의 같은 것도 결국은 인간의 마음이니까. 그렇게 모순되고 혼란스러운 감정을 마주하고 살아가지 않으면 언젠가 마음의 균형이 무너져."

"혹시 길을 잃어버리면 어떡해?"

불쑥 마시로가 불안한 목소리로 내게 물었다.

"그럼 숲에서 사는 수밖에 없으려나?"

그것도 괜찮을지 모르겠다고 생각했다. 어릴 적에 TV에서 트레일러하우스를 숲으로 들여와 거기서 쭉 눌러사는 히피 외국인을 본 적이 있었다.

"하지만 화장실도 없고, 목욕도 못 하겠지?"

"아, 그럼 역시 안 되겠다."

마시로는 즉각 단념했다.

"게다가 마시로, 넌 오가닉한 생활은 왠지 적성에 안 맞을 것 같아."

"뭐야, 실례잖아."

그리고 우리는 한동안 말없이 숲을 걸었다. 어디선가

벌레 우는 소리가 들려왔다.

이윽고 다리가 아파 오기 시작했지만, 둘이서 편하게 앉기에 딱 좋은 벤치 같은 것이 있을 리 없어 그냥 계속 걷는 수밖에 없었다.

"소메이, 내 무의식은 뭘 것 같아?"

어슴푸레한 밤하늘, 흙냄새, 나무들이 흔들리는 소리를 느끼며 나는 생각했다. 생각해봤지만, 전혀 짐작조차 가지 않았다. 그래서 대신 내 마음속을 들여다보았다. 그러자 한 가지 짚이는 구석이 있었다.

"저는 사람을 죽였는지도 모릅니다."

나는 그렇게 말했다.

마시로는 아무 말 없이 나보다 몇 발짝 앞서 걸어갔다.

나와 마시로의 무의식이 포개져서 걸어가는 듯한 밤이었다.

산책을 마치고 돌아와, 둘이서 편의점 음식으로 끼니를 때우며 멍하니 시간을 보냈다. 집 안의 불은 켜지 않았다. 형광등 불빛은 당시 우리의 분위기에는 지나치게 강렬해, 어쩐지 거슬리는 느낌이 들었기 때문이다.

"평생 과자만 먹으면서 살 수 없을까?"

마시로의 그날 저녁 메뉴는 푸딩과 아이스크림, 쿠키와

초콜릿이었다. 하지만 어쩐지 평소의 마시로가 그런 식생활을 할 것처럼 보이지는 않았다. 오히려 뭔가의 반동처럼. 몹시 귀중한 별미를 먹듯, 행복한 기색으로 마시로는 그 정크 푸드를 먹었다.

"제과업자가 되지 그래?"

"딱인데?"

저녁거리를 깨끗이 먹어치운 마시로는 하품을 하고 테이블에 상체를 기댔다.

"소메이, 나 요새 통 잠을 못 자."

"나도 그래."

"혼자보다는 둘인 편이 더 잠이 잘 올 것 같은 기분이 들어서."

"근데 그 이유가 뭘까? 옆에 사람이 있으면 뒤척거리고 소리도 낼 테고, 무엇보다도 인격을 가진 인간이 바로 옆에 있다는 존재감 때문에 오히려 잠을 설칠 것 같은데 말이야."

"아마도 인간은 아무것도 없는 무(無)를 견딜 수 없게 되어 있는 거겠지."

마시로가 하는 말이 이해되지 않는 것은 아니었다.

"왜냐하면 어릴 때는 혼자 자는 게 지금보다 훨씬 무서웠는걸."

"왜?"

내가 별생각 없이 그저 반사적으로 그렇게 묻자, 마시로는 잠시 생각에 잠긴 듯 침묵하다가 대답했다.

"아마 잠든다는 게 죽음에 다가가는 행위처럼 느껴져서가 아닐까? 왜냐하면 잘 때는 아무것도 못 느끼잖아. 가사 상태처럼."

"한마디로 우리는 매일 작고 가벼운 죽음을 경험하는 셈이네."

뒤이어 침실에 이부자리를 폈다. 둘이 나란히 이불에 엎드려 요시노의 노트북을 켰다. 그리고 함께 그 안의 소설을 읽었다.

"요시노의 소설이 없었으면, 난 지금 살아 있지 않을 거야."

그 옆얼굴을 흘끗 보았다. 교실에 있을 때하고는 완전히 딴판이었다. 생기발랄하고, 얼굴에는 혈색이 감돈다. 그 사실이 피부로 느껴졌다.

"요시노는 처음에 왜 소설을 쓰기로 마음먹은 걸까?"

"예전에 들은 이야기인데……."

말해도 될까 망설였지만, 이제는 마시로에게라면 털어놓아도 괜찮을 것 같은 기분이 들었다.

"자기가 남들하고는 너무나도 다르다는 감각 있잖아?"

"응, 알 것 같아."

내 마음은 누구와도 공유할 수 없다. 그런 감정은 사실 누구에게나 있다.

"요시노는 참을 수가 없었던 모양이야."

"나도 가끔 못 참겠어."

"하지만 소설이란 자기 이야기를 쓸 때도 생판 남인 누군가의 이야기를 쓰는 것 같은 느낌이 들 때가 있어. 그게 이유 아닐까?"

"그게 다야?"

"그것 말고는 아마도…… 인생에는 의미가 없으니까."

손바닥을 펴고 천장을 향해 팔을 뻗었다. 그리고 무언가를 움켜쥐려고 하는 것처럼 손바닥을 오므렸다. 하지만 아무런 감촉도 느껴지지 않았다.

"인생의 무의미함을 순순히 받아들이며 살아가기에, 인생은 너무 길어."

허구 없이 살아가기에 인생은 지나치게 무의미하다. 지나칠 만큼 살벌하다. 무언가 거짓말이 필요하다.

"소메이, 천국은 없어?"

"없어. 지옥도 없고, 연옥도 없어."

"모두가 무로 돌아갈 뿐이야?"

"그래. 나도, 너도."

"요시노도 무가 됐어?"

"그리고 작품만이 남아."

그것도 언젠가는 사라지겠지만. 그렇게 생각하면 소설을 쓴다는 것은 역시 지독하게 허무한 행위가 아닐까. 그런 생각이 들었다.

불 꺼진 깜깜한 방 안에서, 오로지 요시노의 소설만이 노트북 안에서 빛났다. 마치 요시노가 우리를 보고 있는 것만 같았다.

"잠이 안 올 때는 뭘 해?"

"옛날에는 소설을 읽거나 쓰거나 했어."

"지금은?"

"……요시노 생각을 해."

"나도."

"슬슬 자자."

나는 이불을 머리끝까지 뒤집어쓰고 눈을 감았다.

잠시 후, 옆에서 인기척이 났다.

"손, 잡아줘."

잠시 주저한 끝에, 나는 결국 마시로 쪽으로 손을 뻗었다.

"그거, 손 아니야."

"미안, 안 보여서."

"이게 손."

차가운 손이 내 손을 잡았다.

"기온 축제 때."

"응."

"잡고 싶었어. 불안해서."

싸늘하게 식은 손을 맞잡았다.

"자고 싶지 않아."

그대로 우리는 계속 손을 맞잡고 있었다.

이윽고 마시로의 목에서 오열이 새어 나오는 소리가 들려왔다.

나는 눈을 뜨고 마시로를 보았다.

마시로는 일어나 앉은 자세로 나를 보고 있었다.

"뭔가……."

어떻게 해야 좋을지 알 수 없었다.

"괴로워."

마시로의 빨간 눈을 나는 똑바로 응시했다.

"마음에서 계속 피가 흐르는 것처럼, 얼얼하게 아파."

손을 잡은 상태로 몸을 일으켜, 살며시 마시로에게 다가갔다. 그리고 가만히 그 얼굴을 바라보았다.

"마시로."

입을 열었지만, 아무런 말도 하지 못했다.

결정적인 순간에 말이 나오지 않는다. 돌이켜보면 항상

그랬던 느낌이 든다. 요시노와 함께 있을 때도 그랬던 느낌이 든다. 하지 않아도 되는 말은 얼마든지 할 수 있건만, 정작 중요한 말은 건네지 못한다.

"잠깐만 안아줘."

귓가에서 마시로가 속삭이듯 말했다.

"그럼 진정될지도 몰라."

시키는 대로 했다. 팔을 뻗는다. 등을 감싸듯 마시로를 품에 안았다. 피차 말이 없었다.

"전혀 진정이 안 돼."

마시로의 심장 소리가 들려오는 느낌이 들었다. 그 소리의 속도가 점점 빨라졌다.

"괜찮아."

할 말을 찾았다. 정답을 찾으려 했다. 적절한 말을 선택하려 했다. 하지만 그러기에는 역부족이었다.

"나도 같이 괴로우니까."

그래서 대신, 내 감정을 토로했다.

"……소메이, 울어?"

"그럴 리 없잖아."

정말 그럴까. 사실 나로서는 잘 알 수 없었다.

"날 좋아한다고 말해봐."

나는 아무런 대답도 하지 않았다.

"있잖아, 지금 키스하면 뭔가 달라질 거라고 생각해?"

온통 갈등뿐이었다.

그래봤자 결국 거짓말 아닌가. 그런 생각도 들었다.

"몰라도 괜찮아."

살짝 몸을 떼자, 눈앞에 마시로의 얼굴이 있었다.

눈을 감았다.

그렇게 우리는 키스를 했다.

다음 날 아침, 먼저 눈을 뜨니 잠든 마시로의 얼굴이 바로 옆에 있었다.

옷을 입고 돌아갈 채비를 했다. 요시노의 노트북을 내 배낭에 넣었다. 꽤나 구차한 핑계지만, 고독해지고 싶었다.

먼저 가보겠습니다. 또 연락할게요.

하지만 당분간은 연락하지 말기를.

메모를 남겨두고, 별장을 나섰다.

혼자가 되고 싶었다.

집으로 돌아왔다. 어느새 새것으로 교체된 에어컨을 틀고, 커튼을 쳤다.

그리고 요시노의 노트북을 켰다.

전등을 켜지 않아 낮인데도 밤처럼 깜깜한 방 안에서,

생각했다.

이러지 않으면 안 된다. 나는.

이것이 내 인생이다.

깊이 숨을 들이쉬고, 내쉬었다.

불안한 심정으로 기도했다.

내가 믿는 나의 재능이 사라지지 않았기를.

부디, 내가 살아가는 의미가, 아직 남아 있기를.

몇 번이고 되풀이해서 읽어온 요시노의 미완성 소설을 다시 한번 읽었다.

ℂ

그것은 내가 모르는 요시노의 모습이었다.

요시노의 소설을 읽어 내려간다.

나와 보낸 시간과 마시로와 보낸 시간이 번갈아 가며 그려진다.

그때, 나와 함께 있을 때, 요시노는 이런 생각을 했던 건가. 새삼 깨닫기도 했다.

그중에는 당연하지만 내 기억과 세부적으로 엇갈리는 부분도 있었다. 아무리 현실을 참조했다지만, 글을 쓴다는 것은 본질적으로 거짓말을 하는 행위다. 현실을 고스란히 베낄 수는 없다. 과거와 현실은 말로 이루어져 있지 않기에, 그것을 말로 변환하는 시점에서 제아무리 리얼한 체험 일지도 결국 전부 거짓말로 바뀌게 된다. 따라서 진정한 의미에서 있는 그대로의 현실을 글로 써내기는 불가능하다.

요시노의 소설은 세세하게 수많은 버전으로 나뉘었다.

사실 그 내용 자체에 큰 변화는 없다.

초고 끝부분에 요시노는 짤막한 코멘트를 달아놓았다.

이런 식으로는 안 돼.

제2고, 제3고로 나아감에 따라, 소설은 차츰 다듬어져 간다.

맨 첫 단계에서 이 소설은 어딘가 무기질적이고 추상적이고 인간미 없는 문체로 쓰여 있었다. 그랬던 소설이 언제부터인가 신비한 온기를 띠기 시작한다.

요시노의 신경지였다.

그것은 미숙하고 서투른 소설이었다.

작법상의 기교는 조금씩 깎여나가 차츰 심플하게, 소박하게 변해간다. 그리고 현실이 그려져 나간다.

처음에 나는 그러한 변화를 요시노가 현실에 패배한 것이라고 여겼다. 하지만 서서히 그렇지 않다고 여기게 되었다.

요시노가 무엇을 지향했는지, 나는 이해할 수 있었다.

그것은 이를테면 그 순수한 허수와 현실의 수가 하나로 어우러진, 일종의 복소수 같은 세계가 아니었을까.

*

나는 남을 사랑한다는 감정을 이해하지 못한다.

그리고 그런 까닭에 항상 사람들을 상처 입히며 살아왔다.

가족도 친구도, 내 곁에 있을 때면 모두 슬픈 표정을 짓는다.

*

요시노가 살면서 무언가 특별히 불행한 사건을 겪은 것은 아니다. 만약 그래서 남을 사랑하지 못하게 된 것이었더라면, 요시노는 틀림없이 구원받았으리라.

하지만 그렇지 않았다.

명확한 이유 없이 그저 천성적으로 사람을 사랑할 수 없었고, 그래서 요시노는 사랑의 언어를 자신의 목소리로 노래할 수 없었다.

그래서 대신 다른 누군가의 말을 이용해서, 빌려 온 말로 사랑을 쓰려고 했다.

요시노가 그려내고자 했던 것.

그것이 무엇인지, 나라면 알 수 있을 것 같은 느낌이 들었다.

요시노의 소설은 어느 부분에서 뚝 끊긴다. 당연한 이야기지만, 이것은 요시노의 미완성 작품이기 때문이다. 몇 번을 고쳐 쓰면서도, 요시노는 그 결론을 두고 끊임없이 망설였다.

나는 요시노의 소설을 읽어 내려갔다.

요시노의 마음이, 무엇을 생각했는지가, 여태까지 중에서 가장 확실하게 전해져 오는 기분이 들었다.

요시노가 쓴 다른 소설이나 현실의 요시노를 접할 때보다도, 그 소설을 읽을 때가 요시노를 훨씬 더 깊이 이해할 수 있다는 느낌이 들었다.

요시노는 「현실」에 굴복한 것이 아니라고 나는 생각한다.

요시노가 그 소설에 담아내려 했던 것은 이성애나 가족애와는 별개의 사랑이었다.

바로 픽션에 대한 사랑이다.

그리고 그 사랑을 통해서 요시노는 아크로바틱하게 인간을 사랑하려 했던 것이라 생각한다. 거짓을 통해서.

인간이 아닌 소설을 사랑한 요시노는 소설을 통해 그

사랑을 전방위로 확산시키려 했는지도 모른다. 소설을 극한까지 파고들다 보면 분명 그토록 미운 「인간」과 「현실」조차도 사랑할 수 있으리라. 현실과 인간다움을 증오하고 글쓰기라는 고독한 작업 속으로 스스로를 몰아넣어 간 요시노는 그럼에도 틀림없이 그 진실을 접했을 터였다.

나는 온종일 집에 틀어박혀, 밤낮없이 요시노의 소설을 읽고 또 읽었다. 시간과 요일 감각도 서서히 상실되어갔다. 내 인생을 살아가는 중인지, 요시노의 소설 속 세계를 살아가는 중인지 나 스스로도 헷갈릴 만큼. 마치 실성한 것처럼 나는 요시노의 소설을 몇 번이고 되풀이해서 읽었다.

요시노가 내 안으로 흘러들어오는 기분이었다.

그리고 그렇게 하염없이 읽는 도중에, 내 안에 불가사의한 감각이 퍼져나가기 시작했다.

뒷이야기를 읽고 싶었다.

중간에, 어정쩡한 부분에서 끝나버린 요시노의 소설을, 끝까지 제대로 읽고 싶었다.

이렇게 미완성으로 내던져진 소설이 가엾어 견딜 수가 없었다.

정신을 차려보니, 어느새 손가락이 움직이고 있었다.

*

요시노가 살아 있었더라면 이 이야기는 어떤 식으로 전개되었을까?

요시노가 살아 있었더라면 어떤 소설을 썼을까?

네가 만약 살아 있었더라면.

만약 요시노가 그날, 그때 죽지 않았더라면.

그런 세상이 만약 있다면.

이 세상과 다른 어딘가에 또 하나의 세상이 있어서, 그곳에 요시노가 살아 있다고 한다면.

요시노가 살아 있는 세상의 이야기를 쓰기로 마음먹었다.

아마도 나는 그때 난생처음으로, 진심으로 소설을 쓰고 싶다고 생각했던 게 아닐까.

지금은 오로지 소설을 쓰고 싶었다.

사소한 문제는 어찌 되든 상관없었다.

예컨대 내게 재능이 있느냐.

프로 소설가가 될 수 있느냐.

그런 문제는 진심으로 어찌 되든 상관없다고 생각했다.

단지 요시노의 이 소설을 이런 식으로 끝내고 싶지 않았다.

나는 상상했다. 요시노의 소설 뒷부분을.

요시노는 계속 고등학교 생활을 이어나갔겠지. 그리고 내게 마시로를 소개시켜준다. 셋이서 함께 어딘가 놀러 간다. 그래도 요시노는 분명 실제로는 우리의 마음을 이해하지 못했을지도 모른다.

하지만 나는 최소한 소설 속에서라도 요시노를 구해주고 싶었다.

내가 요시노와 동화되어간다.

내가 요시노가 되어간다.

서로 뒤섞여 하나로 녹아든다.

요시노의 심정이 가슴 아플 만큼 절절하게 이해되었다.

나는 소설을 씀으로써 요시노와 대화하는 듯한, 그런 불가사의한 감각에 휩싸였다.

밤, 잠들지 못하는 밤. 요시노가 살아 있을 무렵, 가끔 메일이 아니라 통화를 할 때가 있었다. 그 대화는 언제나 「잠들었어?」「아직 안 자.」 같은 메일로부터 시작되었다. 아무리 이야기를 나누어도 우리가 잠들지 못하는 이유를 정확히 알아낼 수는 없었지만, 그저 두서없는 잡담을 주고받고는 했다.

나는 어떤 인간이라고 이야기하면 할수록 오히려 마음은 멀어져가는 느낌이 들었지만, 그래도 계속 이야기했다.

잠옷으로 갈아입고, 불을 끄고 침대에 드러누워 눈을 감은 채 나는 이야기했다. 물어보았더니 요시노도 비슷한 상태로 통화하는 경우가 많았다.

아무것도 보이지 않는 칠흑 같은 어둠 속에서라면, 얼마든지 상상의 나래를 펼칠 수 있었다.

"상상해봐."

요시노는 최면이라도 거는 듯한 느낌으로 내게 말했다.

"우리는 지금 밤바다에서 이야기하는 중이야."

그래서 우리는 어딘가에, 이를테면 아무도 없는 한밤의 백사장에 나란히 앉아 달빛만을 쐬며 친밀하게 이야기를 나눌 수 있었다.

"있잖아, 소메이."

"겨우 만났네."

눈에 들어오는 것이라고는 온통 밤하늘과 바다뿐. 우리 말고는 아무도 없었다. 파도 소리만이 메아리쳤다. 그 파도가 발밑의 모래를 깎아내듯 거두어들였다. 막차 종착역처럼 인기척 없는 쓸쓸한 바다였다.

"먼저 죽다니, 치사해."

"미안."

만약 다시 한번 요시노를 만날 수 있다면, 무슨 말을 해줄까. 오랫동안 생각해왔지만, 역시 내 안의 구질구질한 상념들을 토로할 마음은 나지 않았다.

"소설은 지금도 좋아해?"

"모르겠는데."

소설을 쓰기 시작한 뒤로 얼마나 시간이 흘렀는지, 이제는 나도 전혀 기억나지 않았다.

"곰곰이 생각해보니, 소설 말고는 좋아하는 게 없어."

"응."

다 포기하고 반듯한 어른이 되다니, 결국 내게는 불가능한 일이었다.

"언젠가 또 나도 소설을 쓰지 못하게 돼서, 요시노 너처럼 될까?"

"괜찮아."

요시노가 팔을 뻗어 내 손을 잡았다.

"내가 곁에 있으니까."

요시노는 없다. 하지만 지금도 요시노의 소설을 읽을 수는 있다. 틀림없이 그런 뜻이리라.

"소설을 쓰면, 이렇게 요시노 널 만날 수 있어."

이런 광경은 현실에는 존재하지 않는다.

현실에서는 죽은 사람을 만날 수 없다.

오로지 소설 속에서만 요시노를 만날 수 있었다.

"영원히 너와 함께 있고 싶어."

내 말에 요시노는 아무 대답도 하지 않았다.

예전에 이야기한 적이 있다. 이상적인 죽음에 관해서. 요시노는 아무도 임종을 지켜보지 않았으면 좋겠다고 했다. 홀로 죽음을 맞이하고 싶다고. 그러니 요시노는 틀림없이 나하고도, 그 어느 누구하고도 영원히 함께 있고 싶지는 않겠지.

"소메이, 난 소설이 좋아. 살아보지 못한 수많은 인생의 가능성이 사랑스러워."

알 것 같은 느낌이 들었다. 인간은 현실에 갇혀 있는 한, 그저 눈앞의 인생을 계속 살아가는 수밖에 없다. 만일 우주비행사였다면. 외계인으로 태어났더라면. 이런 인생이 아니었더라면. 그런 가능성에 소설은 생명을 불어넣어준다.

"만약 다시 태어나면……."

인간은 다시 태어나지 않는다고 대꾸할 수는 없었다.

윤회전생이라는 개념을 누가 처음 생각해냈는지는 모르지만, 다음 생이 존재할지도 모른다고 생각함으로써 구원받는 경우도 있다. 사후 세계도 그것과 같은 역할을 한다고 나는 생각한다. 눈앞의 현실을 벗어난 어딘가에 멋진 세상이 있다면. 지금 우리가 있는 이곳처럼.

"나, 평범한 여자애가 될 수 있었을까?"

요시노는 나와 손을 잡은 채 슬픈 눈빛으로 말했다.

"평범한 여자애가 되지 않아도 괜찮아."

반사적으로 대꾸했다. 그런 말은 하지 말아줘. 자신을 이상하다고 여길 필요는 없으니까.

"돼도 괜찮지만."

요시노는 바다를 향해 돌을 던졌다. 수상식 날 밤과는 달리 이번에는 돌이 힘차게 통통 튀어 올라, 한없이 계속 튀어 올라, 가라앉는 일 없이 수평선으로 빨려들듯 사라져갔다.

"그랬더라면 우리, 좀 달랐을까?"

"응."

"상상해줘."

"벌써 여러 번 해봤어."

함께 일어나 바닷가에서 멀어지듯 걸음을 옮기자 이윽고 시야가 주마등처럼 흘러가, 어느새 배경은 우리가 함께했던 과거의 기억으로 바뀌었다.

첫 번째로 도착한 곳은 우리가 처음 만난 날, 빛의 입자가 반짝이던 그 문예부실.

"요시노, 내 첫인상은 어땠어?"

"이상한 애."

나는 요시노의 머리에 가볍게 꿀밤을 먹였다.

요시노의 수상 소식을 전해 들은 밤. 수은등 불빛이 요시노의 얼굴을 파리하게 비추었던 밤.

"그날, 진심으로 기뻐해주지 못해서 미안해."

"괜찮아. 알고 있었으니까."

"하지만 지금이라면 솔직하게 요시노가 소설가가 된 것을 축하해줄 수 있을 것 같아."

수상식. 대량의 카메라 플래시가 눈부시게 터져 나와, 따분해 보이는 요시노의 얼굴을 환하게 물들였다.

"내 얼굴, 되게 한심해 보인다."

"그래도 예뻤어."

내 말에 요시노는 조금 쑥스러운 표정을 지었다.

"고마워."

『love less letter』. 요시노의 소설 속, 평행 세계에서 날아온 편지를 읽는 남자.

"나한테도 왔어. 마시로의 거짓말이었지만."

요시노가 슬럼프에 빠진 밤. 집까지 바래다주던 길의 물웅덩이에 흐릿한 빛이 고여 있었다.

"그때 빌린 옷, 결국 못 돌려줬구나."

그리고 전철 안. 벚꽃색을 닮은 햇살이 처음으로 고등학교 교복을 몸에 걸친 요시노의 얼굴을 비추었다.

"전철이란 무언가를 상징하지."

고등학교에 입학한 다음부터 우리가 만난 곳은 기본적으로 이 안이었다.

"뭘 상징하는데?"

"시간의 흐름이려나? 꼼짝하지 않아도, 자고 있어도, 아무것도 하지 않아도 가차 없이 시간은 흘러가."

요시노의 방, 둘이서 키스를 했다. 커튼 틈새로 새어 들어오던 빛의 그 불온한 음영을 아직도 기억한다.

"끝까지 할 걸 그랬나?"

"마음에도 없는 소리 하지 마."

"하지만 나, 소메이 널 싫어했던 건 아니야. 내 소설을 읽었으면 그건 알 텐데?"

"응."

요시노가 문예부실에서 내 소설을 집어 던진다. 그 페이지가 저녁노을을 받아 반짝였다.

"나 소메이 너한테 못된 짓 많이 했구나."

"어차피 오십보백보인걸 뭐."

시모가모 헌책 시장. 찌를 듯 새하얀 빛이 나만을 외로이 비추었다.

"그래도 같이 가고 싶었어."

계속 걸어가자, 이윽고 그 무수한 빛이 반짝이며 우리를 둘러쌌다. 그 빛은 너무 밝아서, 더 이상 아무것도 보이지 않았다.

"이게 전부야. 역시 인생이란 의외로 별것 아니구나."

벌써 끝인가 생각하니, 조금 안타까운 심정이 되었다.

"앞으로도 소설, 써줘."

요시노가 말했다.

"쓸게."

나는 대답했다.

주변 풍경이 자취를 감추었다. 세상은 새하얗고, 아무도 없었다. 눈 덮인 대지처럼, 아무것도 쓰여 있지 않은 백지처럼.

그곳에는 나와 요시노밖에 없었다.

이 세상에는 존재하지 않는 어딘가였다.

"미안해, 소메이."

이 소설을 완성했을 때.

분명 나는 요시노와 작별하지 않으면 안 되겠지.

요시노는 내 머릿속에서 사라지고 만다.

여태까지처럼 생생하게 떠올리는 일은 없어져 간다.

쓴다는 것은 무언가를 남기기 위한 행위다. 하지만 그와 동시에, 글로 써서 남김으로써 잃어버리고 마는 것도 있다. 요시노도, 나도 글을 씀으로써 틀림없이 많은 것을 잃어버리며 살아왔으리라.

"왜 사과하는데?"

나는 쓴웃음을 지으며 요시노에게 물었다.

"소메이 널 좋아하지 않아서, 미안해."

그렇게 대답하고 요시노는 웃었다. 지금까지 현실에서 본 적도 없는, 그런 얼굴로.

"사과할 일이 아니잖아. 왜냐하면…… 어쩔 수 없는걸."

인간을 사랑하지 못해도 괜찮아.

그런 것 때문에 요시노가 상처 입을 필요는 없어.

새하얀 배경은 끝없이 이어졌다.

"슬슬 이 소설도 끝나가는 거 아니야?"

요시노가 변함없는 예리함으로 내게 물었다.

"응, 맞아."

나는 사실대로 대답했다.

"그럼 이제 작별이네."

기다려. 가지 마. 그렇게 말할 뻔했다. 하지만 그 감상적인 말들을 나는 필사적으로 눌러 삼켰다.

사실은 죽을 때까지 이 소설을 쓰고 싶었다.

그리고 요시노와 계속 이야기하고 싶었다.

영원히.

하지만.

"언젠가 인생이 끝나듯, 소설도 끝나야만 하니까."

"맞아."

요시노는 내 말에 살짝 고개를 끄덕였다.

"잘 있어."

요시노가 걸음을 내디뎠다.

"있잖아, 요시노."

목소리가 떨렸다. 요시노가 의아한 표정으로 나를 돌아보았다.

"그래도 난, 너를……."

그 후에는 아무 말도 나오지 않았다. 고장 난 것처럼 입술이 움직이지 않았다.

식은땀이 났다.

자조하듯 피식 웃었다.

이를 악문다.

인상을 쓰고.

힘을 주고.

그 대신, 줄곧 너에게 하고 싶었던 말을 큰 소리로 외쳤다.

"나도 소설을 사랑해."

그러자 요시노는 미소 지었다.

무언가를 용서하려는 것처럼.

"소메이."

깜짝 놀라, 나는 요시노를 보았다.

"내 앞으로 나아가."

확성기처럼 두 손을 입가에 대고, 요시노는 소리쳤다.

"소메이 너라면 쓸 수 있어."

아무런 근거도 없이 요시노는 장담했다. 하지만 신뢰란 틀림없이 그런 것이리라.

"고마워."

나는 그저 필사적으로 걷기 시작했다.

소설을 쓴다. 그럼으로써 나는 사람을 상처 입혀간다.

새로운 소설이 탄생하고 읽히는 한편으로, 사라져가는 소설이 있다. 그만큼 독자에게 잊혀가는 소설이 있다. 어쩌면 나와 요시노의 소설도 마찬가지일지 모른다.

그래도 괜찮다고, 나는 생각한다.

언젠가 내 소설도, 이 소설도 분명 아무도 읽지 않게 되겠지.

그래도 소설은 계속되어간다.

언젠가 누군가가 내 소설에서 넘겨받은 무언가를 아주 조금만 빌려서, 또 다른 소설을 쓴다. 그렇다는 보장은 아무 데도 없지만, 나는 그렇게 믿는다.

그리고 그 반복을 통해 소설은 계속되어간다.

소설.

이 현실과는 별개의, 또 하나의 세상.

그것이 우리의 현실을 비추어준다. 소설이 현실의 영향을 받듯, 현실도 소설의 영향을 받는다.

그리고 소설은 현실과 담합하지 않고, 고고하게 살아가리라.

그 물결 속에서 나도, 요시노도 살아간다.

에필로그

소설을 완성한 내가 다음으로 한 일은 중학교 부실로 가는 것이었다.

그곳에서는 마시로가 기다리고 있었다.

거기서 둘이 보자고, 내가 연락해서 약속을 잡았기 때문이다.

나는 일단 마시로를 깨우는 것부터 시작했다.

먼저 도착한 눈치인 마시로는 기다리다 지쳤는지 요시노와 내가 하루하루를 보냈던 소파에서 자고 있었다.

"······다 썼어?"

"응."

마시로는 안도한 기색을 내비쳤다.

"소메이······ 괜찮아?"

"그럼, 멀쩡해."

그리고 나는 그 소설을 마시로에게 보여주었다.

우선 마시로가 가장 먼저 읽어주기를 바랐다.

"이번 여름 방학, 결국 아무 데도 안 갔네."

마시로가 다소 아쉬운 기색으로 창밖을 내다보며 말했다.

"소메이, 계속 소설 썼으니까."

"그런 청춘도 나쁘지 않잖아?"

나는 응수했다.

"응, 나쁘지 않아."

마시로는 진지한 표정으로 말했다.

"오히려 최고라고 생각해."

마시로는 내가 갓 완성한 소설을 열심히 읽어 내려가기 시작했다. 마시로는 워낙 읽는 속도가 느린 편이라, 다 읽는 데 몇 시간이나 걸렸다. 밤이 되었다.

"이게 소메이, 네 소설이구나."

그것이 마시로의 첫 감상이었다.

아마도 이것이 내가 태어나서 처음 쓴, 내 소설이 아닐까 생각했다.

"그런데 이거, 에필로그가 부족한 느낌이 들어."

"응. 그래서 이제부터 쓰려고."

함께 중학교 부실이 있는 건물을 나섰을 때, 바깥은 완전히 깜깜해진 후였다. 시계를 보니 밤 열한 시가 넘었다. 심야라 부르기에 부족함이 없는 시간이었다.

"우리에게 행운이 찾아올까?"

"찾아올 거야."

근거도 없이 나는 장담했다.

"이제 어디로 갈 거야?"

마시로가 물어왔다. 지금이 어디론가 갈 만한 시간이 아니라는 것쯤은 나도 알았다. 그러니 마시로는 다른 뜻으로 물어본 것이리라.

"어디든지 갈 수 있어."

그렇게 진심으로 생각했다.

집으로 돌아와서, 내 방에서 마지막 에필로그를 추가하기로 했다.

이미 꽤나 야심한 시각이라 식구들도 잠자리에 들어, 집 안을 돌아다니는 발소리도 들려오지 않았다.

살아 있는 사람이 나 말고는 아무도 없는 것처럼 느껴지는 시간.

소설을 쓰기에 가장 적합한 시간이다.

그렇지만 에필로그란 어렵다.

뭘 써도 사족이 될 것 같은 기분이 들어, 뭘 써야 좋을지 막막해진다.

에필로그를 쓰기 전에 문득 생각이 나서, 나는 그 소설을 인터넷에 올리기로 했다.

『이 세상에 i를 담아서』

우리의 소설은 조금씩 사람들에게 읽혀져 간다.

From: dokuro_socks@sofom.ne.jp
   그와 마시로는 앞으로 어떻게 되나요?

어느 날, 읽은 사람에게서 메시지가 날아왔다.
글쎄, 어떻게 될까? 나는 지금부터 날라져 갈까?
나는 그녀의 계정에 오랜만에 메일을 보냈다.

To: 요시노
   시내에 나가서 영화라도 보고, 같이 팝콘이라도 먹자.

   그리고 불현듯 생각이 미쳐, 허둥지둥 주소록의 등록명
을 그녀의 이름에서 마시로의 이름으로 변경했다.
   [주소록의 이름을 변경합니다.]
   [마시로 스미카]
   [변경하시겠습니까?]
   [예.]
   그 순간 조금 눈물이 날 것 같았다. 나는 그녀를 좋아했
던 걸까?
   모르겠다. 언젠가 이토록 글러먹은 감정도 나는 말로
바꾸어나가게 될까?

하지만 지금은 이 감정에 그리 간단히 의미를 부여하고 싶지 않다. 말로 바꾸지 못해도, 그 누구에게도 이해받지 못해도 좋다. 이 느낌만은 오롯이 내 것이다.

마시로에게서 답장이 왔다.

마시로와 나는 조만간 데이트를 한다. 그리고 아마도, 어쩌면 언젠가, 서로 애정을 확인하게 될지도 모른다.

■작가 후기

아침에 눈을 떠서 잠자리에 들 때까지, 내내 혼자 소설을 씁니다. 그런 나날을 보내다 보면 점점 감각적으로 세상과 멀어져 때로는 유령이 된 것 같은 느낌에 빠져듭니다.

현실을 살아간다는 감각이 차츰 옅어지고, 나는 대체 어디 있는 걸까 하는 기분이 들기 시작합니다. 밤중에 유리창에 비친 내 모습을 보고, 이러다 조만간 홀연히 사라질 것 같다고 생각하기도 합니다.

그럴 때면 현실에 부딪쳐 발버둥 치며 괴로워했던 과거의 학생 시절을 떠올립니다. 그 당시의 친구들과는 이제 옛날만큼 자주 만나지는 않지만, 그들도 지금쯤 어딘가에서 저처럼 유리창을 보고 있으려나 생각할 때가 있습니다.

대학 시절, 저도 소메이처럼 소설이 잘 써지지 않아 늘 컴퓨터 앞에서 끙끙대고는 했습니다.

그런 제 주위에는 무언가를 꿈꾸는 사람들이 있었습니다. 그리고 무언가가 되는 사람과 되지 못하는 사람이 있었습니다.

대학교 3학년 가을. 다들 얼굴이 흙빛이 되어 취업 전선에 뛰어들 무렵, 만화가를 지망하던 친구와 연락이 끊겼습니다. 취업 활동을 하는 대신 방에 틀어박혀 공모전에 낼 만화를 그리기 시작했다는 소문을 들었습니다.

"우리 언젠가 프로가 돼서, 내가 스토리를 쓰고 네가 그림을 그려서 함께 작품을 만들자."

그런 이야기를 나누었던 친구였습니다.

반년가량 타성적으로 취업 활동을 해오던 제가 입사할 곳이 결정되었을 무렵, 그 친구로부터 연락이 왔습니다.

친구가 그린 만화가 공모전에서 상을 받아, 만화가를 목표로 상경한다고 했습니다.

저는 깜짝 놀랐습니다. 부러워서 견딜 수가 없었습니다. 하지만 저에게 그 친구를 부러워할 자격이 있다는 생각도 들지 않았습니다.

"나 말이야, 만약 이번에 상 못 받으면 다시는 사노 널 못 볼 줄 알았어."

교토의 어느 대학 벤치에 나란히 앉아 담배를 피우며, 친구는 제게 그렇게 말했습니다. 그때 어쩌면 그는 저와 친구로 지내기를 그만두었는지도 모릅니다.

"나, 먼저 가서 기다릴 테니까."

그렇게 말한 친구는 아무것도 되지 못한 저를 향해 온화하게 웃었습니다. 그날의 기억을 줄곧 잊지 못했습니다. 그 이후로 우리는 몇 년이나 연락을 하지 않았습니다.

그런 제 개인적인 기억도 떠올려가며 이 소설을 썼습니다.

독자 여러분 중에는 가령 만화가인 제 친구처럼, 또는 작중의 소메이처럼 여름 방학 기간 내내 집에서 공부나 창작 활동, 일이나 그 밖의 무언가에 몰두했다는 분도 계시지 않을까 합니다. 현실에서 바다로 놀러 가는 것에 비하면, 그런 식으로 보내는 시간은 이따금 허무하게 느껴질 때가 있을지도 모릅니다.

내가 지금 하는 일에 과연 무슨 의미가 있나 고민스러울 때가 있습니다.

저도 소설가로서 같은 고민을 합니다.

사토가 말한 "○○이 무슨 도움이 돼?"라는 대사는 세상에 넘쳐흐르고, 그런 이야기를 접할 때마다 저는 조금 상처받으면서도 그 「○○」에 「소설」이라는 단어를 대입해, 소설이 무엇에 도움이 될까 생각해보고는 했습니다. 허수도 소설도 언뜻 보기에는 아무짝에도 쓸모가 없는 것처럼 보입니다.

하지만 그렇게 표면상으로는 현실과 무관해 보이는 시

간의 활용법 속에 이 현실을 바꿔놓을 계기가 숨어 있는 것 같은 느낌이 듭니다. 눈앞의 현실을 단순히 받아들이며 살아가기만 해서는 현실을 바꿀 수 없습니다. 허수와 소설이 현실을 바꿔놓을지도 모르듯, 그런 눈앞의 노력이 언젠가 자신과 타인의 현실을 바꿔놓는 경우도 있습니다. 그래서 저는 그런 노력이 진정 가치 있는 것이라고 생각합니다.

이번에도 역시 이 작품을 세상에 선보이기에 앞서, 많은 분들께 큰 도움을 받았습니다. 『너는 달밤에 빛나고』에 이어 일러스트를 맡아주신 loundraw 님. 작품을 본 순간, 저도 오래간만에 카모강에 뛰어들고 싶어졌습니다. 최고입니다. 담당 편집자 유자와 님, 엔도 님. 두 분의 도움에 힘입어 가까스로 이 작품을 세상에 내놓을 수 있었습니다. 무엇보다 제가 원하는 대로 쓰게 해주신 점 정말로 감사드립니다. 교정자 분들, 영업부 분들, 홍보부 분들, 인쇄소 분들, 그리고 책을 독자 여러분께 전해주시는 서점 분들, 그 밖에도 많은 분들의 힘을 빌려 이 책이 나올 수 있었습니다. 감사합니다.

이것이 저의 두 번째 작품입니다. 다양한 시도를 해본 작품이기도 합니다.

이 작품을 씀으로써 소설가로서 한 발짝 전진한 느낌이
듭니다.

다음 작품도 잘 부탁드리겠습니다. 계속 노력하겠습니다.

사노 테츠야

참고 문헌

『허수의 정서—중학생 이상의 전방위 독학법』요시다 타케시(토카이대학 출판회)

『호킹, 우주를 논하다—빅뱅에서 블랙홀까지』스티븐 W. 호킹/하야시 하지메(하야카와 쇼보)

『호킹 허시간의 우주 우주의 특이점을 둘러싸고』타케우치 카오루(고단샤)

KONO SEKAI NI i WO KOMETE

ⒸTETSUYA SANO 2017
First published in Japan in 2017 by KADOKAWA CORPORATION, Tokyo.
Korean translation rights arranged with KADOKAWA CORPORATION, Tokyo,
through Korea Copyright Center Inc.

이 세상에 i를 담아서

1판 1쇄 발행 2019년 5월 20일
1판 8쇄 발행 2024년 10월 11일
지은이 사노 테츠야   **옮긴이** 박정원   **펴낸이** 최원영
본부장 장혜경   **편집장** 김승신   **편집** 원서은
본문조판 양우연   **국제업무** 박진해 조은지 남궁명일   **마케팅** 김민원 조은걸
펴낸곳 (주)디앤씨미디어   **출판등록** 2002년 4월 25일 제20-260호
주소 서서울시 구로구 디지털로 32길 30, 코오롱디지털타워빌란트 1301-1308호
전화번호 02.333.2513   **팩스** 02.333.2514

ISBN 979-11-278-5055-5 03830

정가 12,000원

너는 달밤에
빛나고

너는 달밤에 빛나고

사노 테츠야 지음 | loundraw 일러스트 | 박정원 옮김

"이제 곧 마지막 순간이 다가옵니다. 이것이 정말 마지막 부탁입니다……."

소중한 사람이 죽은 뒤로 모든 것을 포기한 채 살아가던 나는
고등학교에서 '발광병(發光病)'으로 입원 중인 소녀를 만나게 된다.
소녀의 이름은 와타라세 마미즈.
그녀가 걸린 '발광병'은 달빛을 받으면 몸이 희미하게 빛나고,
죽음이 가까워질수록 그 빛이 강해진다고 한다.
나는 시한부 인생인 마미즈에게 죽기 전에 하고 싶은 일을 듣고 제안한다.
"그거, 내가 도와줘도 될까?"
"정말?"
그 약속을 계기로 멈추었던 나의 시간이 다시 움직이기 시작한다.

지금 이 순간을 살아가는 모든 이들에게 전하고픈 최고의 러브 스토리
제23회 전격소설대상 대상 수상작!

D&C BOOKS

라이트노벨의 새로운 빛! L노벨의 신간은 매월 10일에 발매됩니다. http://cafe.naver.com/lnovel11

케이크 왕자의 명추리

나나츠키 타카후미 지음 | 박정원 옮김

꿈도 사랑도 달콤하지 않다. 디저트야말로 정의다!

케이크 귀신이라 불릴 만큼 케이크를 좋아하는 여고생 미우.
실연의 슬픔을 달래고자 들른 지유가오카의 케이크 가게에서
파티시에를 목표로 수업 중인 같은 학교 왕자님 하야토를 만난다.
혹시 이건 새로운 사랑의 예감?
천만에, 현실은 케이크처럼 달콤하지 않다!
하야토는 소문처럼 차갑기 그지없지만, 꿈을 향한 열정이 있고
사랑 문제와 각종 트러블도 디저트에 관한 지식으로 명쾌하게 해결하는데…….
달콤한 케이크와 디저트로 뭉친 두 사람의 특별한 이야기!

BOOKS

라이트노벨의 새로운 빛! L북스의 신간은 매월 20일에 발매됩니다. http://cafe.naver.com/lnovel11